間諜教室 02

「愛娘」葛蕾特

Kadokawa
Fantastic Novels

花園
code name

間諜教室

SPY
ROOM

「愛娘」葛蕾特

02

竹町

illustration

トマリ

Kadokawa Fantastic Novels

彩頁、內文插畫／トマリ
槍械設定協助／アサウラ

SPY ROOM

the room is a specialized institution of mission impossible
code name manamusume

CONTENTS

序章　繼承

the room is a specialized institution of mission impossible
code name manamusume

那具遺體被埋葬在公墓內。

一名俊美的男人佇立在墓地前。以男性來說偏長的頭髮被雨水打濕，貼在臉頰上。看起來俗不可耐的長髮，是為了遮掩那張端正秀麗的臉孔、消除印象，然而晚上獨自在墓園淋雨，這樣的狀況反而突顯了他的異常。

基於職業因素，他不喜歡引人注目，但是此時此刻他似乎不在意自己的異樣。

他是間諜。

名叫克勞斯。雖然平常會視情況使用其他好幾個名字，不過最常用的就是這個。

公墓內除了他以外沒有別人。只有他一人在下著冰冷雨水的夜晚，特地帶著鏟子和燈籠前來掃墓。

他以落寞的眼神凝視著墓碑。墓碑上刻著好幾個人的名字，那些名字全都很平凡常見。可是，那並不是代表故人的記號。墓碑上的名字，不過是故人生前使用過的假名。

間諜多半無法留下活過的證據。

可是，這樣就足夠了。

因為他們所得到的情報——成果、教訓、回憶、意志，將繼續存留在後人心中。

克勞斯確認四下無人，將鏟子插進地面。他將墓地翻起，小心翼翼地在棺材周圍挖洞，以免破壞棺材。完成作業後，他悄悄從懷中取出白色盒子，放在洞底。

「師父……我幫你把手指埋在這裡吧。」

結束禱告，他用鏟子蓋上土。洞一轉眼就被堵住。

克勞斯大大嘆了口氣。

被埋在這裡的，是他從前的同伴，間諜團隊「火焰」。是將身為孤兒的克勞斯帶進間諜世界，將他培育成一流間諜、形同家人的存在。

正當克勞斯暗自懷想他們時，突然察覺背後有人的氣息。

「老師……」

轉過身，只見八名少女撐著黑傘並列而立。

她們身上那套虛構的宗教學校的制服，完全融入墓園的氛圍。

「也對，我們還不曾全員一起來呢。」克勞斯瞇起雙眼。

少女們之中的銀髮少女率先向前邁出一步。她是隊長，名叫百合。她手拿葡萄酒瓶，拔掉栓子後，將裡頭的液體淋在墓碑上。接著十指交扣，默默地閉上雙眼。

少女們輪流拿起酒瓶，依序在墓碑上淋葡萄酒，完成禱告。大概是途中有人弄錯葡萄酒的分配量了，最後一人淋的時候只剩下兩三滴。少女們對於這種細節部分依然不夠謹慎。

但是，克勞斯非常相信她們的潛力。

「老大，妳看。這九人就是繼承『火焰』的新團隊——『燈火』。」

他對著墓碑這麼說。

理所當然沒有回應。可是，對方應該明白了。克勞斯這麼覺得。

問候完家人後，他望向少女們。他想要在這塊墓碑前，重新確認一件事。

「既然要讓『燈火』存續下去，我們就要繼承『火焰』的使命。而當前的目的，是搜查毀滅『火焰』的集團『蛇』。這項任務並不輕鬆，妳們做好心理準備了嗎？」

少女們絲毫不為所動。

甚至一臉誇耀地展露笑容。

「但相對的薪水很多，對吧？」「『火焰』可是我的理想呢。」「我要救好多的人。」「本小姐只想和大家在一起！」「只要可以陪在老大身邊……」

七嘴八舌地發表意見。

她們的出身、成為間諜的動機、野心、對「燈火」的歸屬感或許各不相同。

但是答案只有一個。

最後，百合泛起微笑說道：

「只要我能成為配得上隊長身分——盛開的自己就好。」

「——好極了。」

此話一出，成員們向墓碑低頭致意後轉身離去。每個人眼中無不蘊藏著強大的意志。好想盡快回去加緊訓練——她們的表情中透露出那樣的心情。

克勞斯臨去之際，再次望向墓碑。為了確認自己與師父的約定。

「這一次——我一定會守護到底。」

接下來，大概有一陣子不會來這裡了吧。

然後，在墓中沉睡的家人們想必也不希望自己那麼做。

1章　變裝

the room is a specialized institution of mission impossible
code name manamusume

世界上充滿了痛苦——

在以往的世界裡，戰爭只要維持幾個月就會結束。各國即使彼此憎恨，只要物資用盡就無法作戰。縱使正在打仗，到了收穫麥子的時期也必須中斷。一旦子彈耗盡，就只能乾脆認輸、撤退

——在科學技術進步之前是如此。

亦成為工業革命基礎的蒸汽機，令船隻、火車等運輸技術有了飛躍性的發展。人們因此能夠大量生產戰爭物資，從其他大陸供應數量龐大的穀物給戰地，甚至可以從殖民地輸入軍人。

戰爭一度被掀起後，竟超乎大多數人的預期，一共延續了好幾年。

這場戰爭沒有贏家。參戰的所有人類都如此確信。

——戰爭的ＣＰ值太低了。

經濟停滯，國民疲弊，國力衰落。唯一獲得好處的，是那些持續供給物資而沒有參戰的其他大陸的國家。這麼做太不值得了。

所以，世界各國轉換了想法，認為不能再掀起戰爭，並且成立國際性和平組織，進入協調的

時代。當然，各國並未捨棄自己的野心，只不過沒有必要在檯面上兵戎相向。要獲取資源——也可以使用別的手段。

於是，「光明戰爭」就此告終。

新時代所上演的，是間諜們的情報戰——「影子戰爭」。

迪恩共和國也參與了「影子戰爭」。

大戰之前說起諜報機關，就是陸軍情報部和海軍情報部。可是，這兩者感情不睦，再加上軍方特有的嚴格紀律，使得諜報機關的水準相當低落。於是在世界大戰期間，超越那兩個情報部的組織「對外情報室」成立了。

對外情報室的中心，是傳說中的諜報機關「火焰」。據說擁有從中世紀便存在於王族手下，並且在人民革命時幫助他們逃亡的經歷，然而詳情至今依舊是個謎。在各軍情報部的元老和「火焰」的合作下，對外情報室表現活躍，也對世界大戰的結束做出了貢獻。

然後，世界大戰結束後十年——

陰謀與背叛毀滅了第三十八代的「火焰」。

可是，唯一倖存的青年決定繼承其意志。

並將某個臨時團隊，升格為正式團隊。

第三十九代的「火焰」。為了與上一代區別，於是取了另一個名字。

其名為「燈火」——

◇◇◇

「燈火」的據點位於迪恩共和國的港都。

悄然矗立在國內數一數二的商業都市裡。在商行林立的城市一隅，有一棟名為佳瑪斯宗教學校的小型建築。沿著該建築倉庫內的隱密通道前進，位在盡頭的是廣大的庭院和建築。那棟豪華的洋房名為陽炎宮，據說從前是王族的隱密居所，是一座名符其實的「宮殿」，然而真相如何連裡面的居住者也無法掌握。

直到最近，整棟建築都因為某個原因而被設置了竊聽器，不過現在已經拆除完畢。這座保有機密性的陽炎宮，堪稱是即使被鎖定位置，任何人也無法判斷內部狀況為何的鋼鐵要塞。

「——好極了。」

克勞斯重新環視那棟壯麗的洋房。

他是一名長相俊美的男性。假使沒有注意到他的身高，就算誤認為女性也不奇怪。體格纖細，還有一頭遮掩住端正面容的長髮。他是刻意將自己的頭髮留長，而那麼做讓他的外表顯得十分中性。實際年齡為二十歲，但是過於沉穩的態度卻讓他感覺將近三十歲，甚至是三十多歲。

最具特色的特徵有三個。

——第一，他是「燈火」的老大。麾下率領了八名少女。

睽違十天再次回到據點，克勞斯打開門，沿著鋪了地毯的走廊前進，結果一名少女跳出來，笑盈盈地對他揮手。

「啊，老師也回來了啊！好久不見！」

那是一名惹人憐愛的銀髮少女。

名叫百合。亮麗的銀色長髮和豐滿胸部為其特徵，臉上無時無刻都帶著笑容。她同時也是統率八名少女的隊長。

克勞斯也有十天沒見到她了。

「是啊，好久不見。」

才剛這麼說完，百合就定睛窺視著克勞斯。

「你的國外之旅充實嗎？老師的旅行地是萊拉特王國對吧？好好喔，那裡的美味海產很有名耶～」

「我的確是品嚐了不少。妳的假期過得如何？」

「當然很充實啦。畢竟還有薪水可以領嘛，就連這十天都有喔！」

克勞斯給了少女們十天的假期。

「燈火」在臨時團隊時代，完成了一件非常艱辛的任務。由於在任務達成之前完全沒得休息，於是就安排了一段時間讓她們休假。正好對外情報室也支付了成功報酬，而且是對十幾歲的少女來說過於豐厚的金額。

「我還買了伴手禮要給老師，請務必跟我到餐廳來！」

百合拉著克勞斯的手，喜孜孜地說著這十天的經歷，連放下行李的時間都不給他。

克勞斯忽然注意到一件事，便開口詢問。

「對了，其他人呢？」

洋房裡太安靜了。

百合「嗯～」地鼓起臉頰。

「很遺憾，其他人都還在休假。她們實在是太鬆懈了。」

移動視線張望也不見其他少女的身影。

也沒聽見樓上傳來腳步聲。

一股香氣從餐廳的方向飄來，是培根煎過的味道。那應該就是她帶回來的伴手禮了。她似乎特地配合克勞斯回家的時間，替他準備了餐點。

餐廳的門敞開著。

料理已經擺上桌。純白色的桌巾上，排放著厚切培根、水果盤，以及葡萄酒瓶。

就在克勞斯踏進餐廳一步時。

「——其實我是騙你的啦。」

百合吐舌說道。

下個瞬間，潛藏各處的眾多少女現身。

門後、桌巾底下、天花板上的吊燈，多名少女從那些地方一躍而出，撲向克勞斯。

百合以外的七名少女同時展開奇襲。

每個人手中都拿著綑綁用的鐵絲。

面對少女們來襲，克勞斯則是——

「我想也是。」

依舊保持冷靜的態度。

彷彿早就料到這場襲擊一般，他扭身閃避第一次的攻擊後，用他那細長的手臂抓住桌巾。

然後倏地將桌巾拉過來。

桌巾上的餐具動也不動。

他將桌巾像撒網一般扔向少女，七名少女就這麼一併被捉住，滾落在地。

「簡直輕而易舉。」

克勞斯淡淡地說。

甚至沒有對部下們突然使出暴力表示憤怒。

百合心有不甘地握緊拳頭。

「唔……虧我還想說就算是老師，剛休假完一定會很鬆懈！」

「一流間諜才不會因為這點小事就鬆懈下來。我認同妳們的成長，但還是差遠了。」

「既然你這麼說，那就告訴我們訣竅啊……」

「奇襲時要輕柔。我說完了。」

「老師才是一點長進都沒有！」

特徵二——克勞斯是教官。

「燈火」的少女們在培育學校是一群吊車尾的學生。儘管擁有聰明才智，卻因為某些狀況而不適合在培育學校生活。克勞斯身為率領她們的老大，同時也是讓她們的才能盛開的教官。

——不計手段，讓克勞斯宣布「投降」。

那是克勞斯給予少女們的課題，於是她們為此日夜努力鑽研，不停和克勞斯交手纏鬥。

對著剛休假完立刻就挑戰這道課題的少女們，克勞斯點點頭。

「不過，我必須說，我充分感受到了妳們的幹勁——好極了。」

「當然幹勁十足啦！」

百合緊握兩隻拳頭。

「因為『燈火』已經不是臨時團隊，而是被認可為正式團隊了，當然會意氣風發啦！成立後值得紀念的首次任務，我也一定會成功達成！」

她邊說邊手舞足蹈，激動到呼吸濁重。

然後，她對著身後依舊被桌巾纏住的其他少女問道「妳們也是這麼想的吧？」，結果得到「首次任務，儘管放馬過來吧！」、「是時候展現我們的團結力了！」這樣的回答。

她們似乎在休假期間有充分地養精蓄銳，每個人的說話聲都鏗鏘有力。

可是，克勞斯卻不得不偏了偏腦袋。

「首次任務已經結束了喔。」

「咦？」

「在萊拉特王國有三件、國內有兩件，我已經全都搞定了。接下來應該是第六件了。」

「…………」

少女們個個表情僵硬。

彷彿可以聽見她們對於成立後的首次任務的滿心期待，產生裂痕的聲音。

克勞斯說完「那麼，妳們就努力訓練吧」，就順手抓起桌上的蘋果，轉身離開了餐廳。

特徵三——他超級我行我素。

留下沒有得到任何解釋的少女們愣在原地。

她們彼此互望，整理狀況，好不容易才察覺「我們沒有被找去執行任務」的這個現實——

「「「「「「等一下啊啊啊啊啊啊！」」」」」」

她們齊聲朝著克勞斯的背影發出怒吼。

◇◇◇

「你一個人達成了？在這麼短的時間內？」

內閣府的一室裡，頭髮斑白的男人露出錯愕的表情。若是平常，他總會散發出彷彿要射殺對方的銳利目光，然而此時他的表情卻盡是困惑。男人將混雜了白髮的頭髮往上撥，望向手邊的報告書。

這裡是對外情報室。和樸素的名稱相反，這個房間設有萬全而牢固的保全措施。必須經過內閣府的警衛准許放行，以專用鑰匙搭上電梯、輸入密碼，才總算能夠來到這裡。房內，擺在紅色地毯上的只有桌子和沙發。是一個沒有事務人員，只有一名男人常駐於此的陰森空間。

「……雖然難以置信，但如果是你就有可能辦到。」

房間的主人，被稱為C的男人按住眉心。他是對外情報室的室長。

「你都讓少女們正式加入了，怎麼不把她們帶去呢？」

「因為實力不足。」

克勞斯即刻回答。

他坐在椅子上，飲啜室長所泡的咖啡。還是一樣難喝。

「我也很想讓她們累積經驗，可是，這又不是上班族在談判交易。我怎能隨便帶還不成熟的她們去執行任務呢。」

「她們不是達成過一次任務了嗎？」

「那是例外。沒有她們幫忙就無法達成。」

猜測到某個男人的背叛，做出不可能獨立達成的判斷。那是逼不得已的選擇。

可是，這次克勞斯所達成的任務，全是憑他一人就能完成的難度。非但不需要，應該說，假使帶少女們去，反而有可能將她們捲入無謂的危險之中。

「當然，我認同她們的才能，總有一天會讓她們參與。只不過，現階段還太早了。」

克勞斯決定要為沒有讓她們回培育學校一事負責。

自己教導、訓練，以及引導。

可是，事情應該要謹慎地進行。

「……希望你不會這麼說，結果幾年後卻搞砸了。」
「聽你的口氣，你好像已經看透似的。」
「你確實有可能犯這種錯誤。」
室長以銳利目光盯著克勞斯。
克勞斯則對他投以冷淡的眼神。
「既然如此，你可以介紹剛剛好的任務給我嗎？」
「剛剛好？」
「難道沒有生命危險度低，又能夠累積經驗的任務嗎？」
「哪有那麼好的事。」
只是姑且問一下，結果得到冷漠的回答。
「這樣的話，我想暫時不出任務了。該做的工作我已經完成夠多了吧？接下來幾週，我想要盡力教育部下。另外也想收集『蛇』的情報。」
「你應該很清楚那樣是不行的。」
室長將檔案疊放在桌上。
大致看上去，一共有好幾本。每一本大概都是新任務吧。
「…………」克勞斯默默地回望室長。

「你的表情一臉嫌惡耶。」

「我本來應該可以放一個月的假才對。」

「因為你的臉色稍微好轉了啊。」

室長繃起一度緩和的表情。

「但是，你應該知道吧？就連你我交談的此時此刻，帝國也正把卑劣的間諜送進來，侵略這個國家。」

「…………」

「他們令政治腐敗、竊取發明、引導國民成為順從的愚民。我們的同胞為了阻止帝國的侵略，正在敵營努力從事諜報活動，而且隨時都有可能喪命。『火焰』的喪失，對我國造成了莫大的影響。」

只要提及「火焰」的名字，克勞斯就很難反駁。

室長大概是看穿這一點，才故意提起吧。

他又把一本厚厚的檔案放在桌上。

「尤其能夠達成這項任務的人——就只有你。」

那份文件被誇張地用漆黑紙張和繩子裝訂起來。

還沒打開看，就知道是一件棘手的任務。

「我知道『燈火』還不成熟，也明白現階段由你一人出馬是沒辦法的事。」

「…………」

「可是，這個充滿痛苦的世界沒辦法等待你們成長。」

「…………」

「不要用沉默表達不服。」

克勞斯抓起那份檔案，啪啦啪啦地輕輕翻閱。檔案共有近百頁。不到十秒鐘他就翻到最後一頁，然後將檔案撕破。

室長眼神一利。「你打算拒絕？」

「如你所見。」克勞斯回答。

「見到什麼？」

「我已經記住了。」

從室長的眼中，可以窺見些許驚愕之情。

克勞斯嘆了口氣。

「為了保護『火焰』所深愛的國民，我也只能接受了，不是嗎？」

師父過去曾一再地教導他。

即使有不想接受的事情，只要那是出於私情，就必須將之排除。

因為能夠改變這個世界的只有間諜——

克勞斯返抵陽炎宮時已是深夜。

由於這裡和內閣府所在的首都有段距離，因此無論如何都會晚歸。

除了玄關，整棟建築都熄了燈。少女們似乎已經就寢了。時鐘指向了深夜十一點。以青春少女來說，這個時間上床睡覺好像有點早。大概是克勞斯不在時她們也勤奮訓練，所以累了吧。大廳裡，無數間諜道具散落一地。

正當克勞斯在自己房裡鬆開領帶時，有人敲了房門。

「老大，我帶了紅茶給你……」

沉靜的語調。

打開門，是一名將茶壺擱在托盤上的少女。

少女留著一頭紅色鮑伯頭。身材苗條、四肢纖細，宛如一尊精巧的玻璃工藝品。給人感覺好像只要稍微粗魯一點就會將她弄壞。

她的名字——是葛蕾特。

「謝謝。不過，妳沒必要特地起床喔。」

「沒關係，只要是為了老大……」

「我說過好幾次，不要那樣稱呼我。」

總之就是覺得不自在。

在克勞斯心中，應該被稱為「老大」的就只有一人。只有代號「紅爐」的上一任老大。

葛蕾特沒有回應他的話，逕自開始準備紅茶。她從茶壺中，將紅茶注入加熱過的茶杯。克勞斯無意識地確認了她有沒有下毒，不過看起來並沒有。她似乎真的是出於善意這麼做。

她是部下，不是女傭，所以不需要做到這種地步。

克勞斯好幾次都這麼告訴她，但是她卻完全沒有聽進去。

「……我在旅行地發現香氣馥郁的紅茶，心想一定要讓老大品嚐一下。」

「這個茶葉的品質真好。應該很貴吧？」

「……給老大品嚐的紅茶不能是便宜貨。」

「這樣啊，謝謝妳。」

克勞斯仔細觀察動作俐落的少女。

這已經不是她第一次對克勞斯如此體貼。在上一回任務的執行過程中，她也明顯地表現出對他的仰慕之情。

（我實在想不通，我有做出什麼令她產生好感的行為嗎？）

她為什麼要對我這麼好？

克勞斯回憶起——她的態度轉變的那一天。

◇◇◇

戲劇性的事件——儘管不到那種程度，但如果是令人印象深刻的事情倒是有。

那是發生在執行奪回生化武器任務之前。

為了達成重大任務，克勞斯也對自己進行了訓練。一來是為了預做準備，二來也是因為好玩，他在「前來拜訪克勞斯的同僚」的設定下變裝成其他人，造訪了陽炎宮。他讓完全沒察覺的少女們相信「只要讓克勞斯喝高級葡萄酒，他就會酩酊爛醉」的謊言，還順便從百合口中得到「我經常偷吃老師保管的罐頭」的證詞。其實克勞斯早就發現東西少了，結果果真是她啊。

騙過少女們之後，他解除變裝，想要去沖個澡。

身穿不習慣的衣服，讓他渾身是汗，於是他前往浴室。

陽炎宮裡有大浴場和浴室。前者是少女們，後者則是克勞斯在使用。

在開門之前，他就不自覺地猜想脫衣間有人。

要敲門嗎？如此心想的他伸出手，又停下動作。

少女們沒有理由要使用浴室。這大概是襲擊自己的計謀吧。既然如此，裝作沒發現才是禮貌之舉。他這麼心想，打開了門。

葛蕾特站在那裡——全身赤裸。

「嗯？」

「咦？」

她立刻抓起浴巾蹲下來，但是已經太遲了。克勞斯已經目睹她一絲不掛的模樣。白皙通透的肌膚，線條柔美的長腿。連平時遮掩住的部位也躍入眼簾。克勞斯不禁反射性地低喃一句「真美」。

「好大膽的色誘啊。不管怎樣，我得先誇獎妳的勇氣才行。」

克勞斯一邊感到佩服，一邊擺出架式準備迎接襲擊。

可是，四處卻都不見少女要衝出來的跡象。

「……老大。」葛蕾特抱著浴巾，淚汪汪地渾身發抖。

總覺得怪怪的。

他立刻做此判斷，然後退出脫衣間。

從那天起，葛蕾特的態度就變了。

◇◇◇

（……回頭想想還是一頭霧水。完全沒有會被她喜歡上的要素。）

雖說是意外，但還是被看見裸體了，心裡會厭惡是很正常的事。要不然，雙方的關係也應該會變得尷尬。可是，為什麼結果卻是相反？莫非她想要見到自己裸體的對象負責？那種性價值觀與其說落伍，應該說相當扭曲。

「老大今天這麼晚回來……明天應該可以比較悠閒了吧？」

當克勞斯還沉溺在回想之中，葛蕾特這麼問道。

「不，我想很難。因為我接下了重大的任務，而且也被命令重寫報告書。」

「重寫……？像老大這樣的人也需要重寫？」

「因為我承接的任務，多半是別人曾經失敗過的，所以會被要求詳細記載以作為今後的對策。」

「不愧是老大……」

「要是我在報告書上寫『不自覺就成功了』，上頭會叫我別開玩笑。」

葛蕾特「啊，也是」地發出聽似愁苦的低吟。

那是克勞斯十分不擅長的領域。

他無法具體說明自己的行動。就好比人無法清楚解釋怎麼穿襯衫和扣釦子，他不會教導他人間諜相關的技能。他之所以會採取「打倒我」這種前所未聞的訓練方式，原因就在於此。

當然，他在報告書上有羅列出最低限度的情報，也有記載大致的經過。可是一旦被要求具體性，就會有很多部分是憑感覺回答。

結果導致工作堆積如山。

無法休息片刻。

葛蕾特露出欲言又止的表情。

「老大……」

「什麼事？」

「不嫌棄的話，請讓我擁你入懷……」

「那樣成何體統？」

這是哪門子的提議？

正當克勞斯覺得莫名其妙時，只見葛蕾特大大地往兩旁展開雙臂。

「不必那麼害羞……你可以儘管向我撒嬌沒關係。」

「妳腦袋撞到了嗎？」

好激烈的攻勢。

該不會是被同伴灌輸了奇怪的想法吧？

「我姑且問一下，這是在進行色誘的訓練嗎？」

「不是，我絲毫沒有要欺瞞老大的意思……」

她一臉遺憾地低下頭。

「我只是希望老大休息一下……」

「休息？」

「……上一次的不可能任務能夠成功，幾乎都是老大的功勞。不僅如此，現在所有任務、雜務，以及教育我們的工作，也都是你一人包辦……」

所謂上一次的任務，指的大概是奪回生化武器吧。

儘管一切和計劃得一樣，但她們確實是在敵人的控制下行動，與一流間諜之間依然存在著實力差距。於是克勞斯採取了讓她們成為誘餌，幾乎由自己獨力解決的手法。

「像是疲勞之類的……」葛蕾特屏息：「你應該也累積了不少……」

她特別強調了「之類的」這幾個字。

不去細究或許對自己比較好。

「我很高興妳有這份心，不過我勸妳現在還是專心訓練。以目前來說就是襲擊我。」

「唔！居然邀請我在夜裡私通……！」

葛蕾特尖聲驚呼。

克勞斯蹙起眉頭。

「葛蕾特，下次妳來我房間時記得帶別人來。」

「唔！而且還要求多人……！」

「光憑我一人實在吐嘈不完。」

再次細想，這個團隊裡實在太多怪胎了。

確定葛蕾特離開後，克勞斯嘆了口氣。

茶壺被留在房間裡。裡面裝了滿滿的紅茶。

她端茶來的時間點，正好是克勞斯感到口渴的時候。簡直就像看透了他內心的願望。若是沒有優秀的觀察力，是辦不到這一點的。

克勞斯在紅茶香氣瀰漫的房內，思考少女留下的話語。

（疲勞啊……）

雖然室長說自己的臉色好轉了，但是他的話不可信。

也許應該參考仰慕自己的她的發言。

克勞斯用手指觸碰臉頰。

彈性變得比平時差，肌肉也疲憊不堪。連比一般人使用頻率少的表情肌也是如此。

（我應該如她所說的好好休息嗎？可是我——）

他望向牆壁。牆上掛著一件武器。

那個又長又大、和間諜不相配的道具來自東洋。唯有戰鬥專家，方能發揮那件彎曲如弓的武器的超群威力。

刀。那是師父基德的武器，如今則也成了他的遺物。

——這次一定要守護到底。

這是他的遺言。

既像父親、亦如摯友，曾經是一家人的男人。

（比起擔心我，應該以她們的成長為優先才對……）

腦海中浮現的，是室長所交代的任務。

「殺死刺客——這就是這次的任務。」

室長另外又交給克勞斯一份政治家的資料。

全世界反帝國派的政治家接連意外身亡。死因是墜死。雖然有留下暗示為自殺的遺書，不過偽造的可能性很高。恐怕是被某人強迫自殺吧。

「目標的名字是『屍』——這是我剛才取名的。據說對方的外表和死人一樣。」

好一個誇張的名字。

「迪恩共和國在兩週前也有政治家死亡，死因是跳樓自殺。不過，我看八成是那個人搞的鬼。那傢伙似乎終於也入侵我國了。」

室長一副像是對小孩子的惡作劇感到傻眼般，態度從容地嘆氣。

「這是第一課的團隊追查『屍』所得到的情報。你要好好珍惜。」

克勞斯點頭。

他已經預料到室長接下來要說什麼了。

「掌握這份情報的同胞遭到殺害，接手的人也被殺了。換句話說，這被分類為不可能任務。」

被判斷不可能繼續進行的任務——不可能任務。

任務的性質與其說間諜，更像是祕密警察。是國內的防諜行動。

不僅如此，從資料上來看——

「這次比上回的不可能任務難度更高。」

連克勞斯也同意這個事實。

「好幾名優秀的同胞遭到殺害，對方肯定是超一流的刺客，而且恐怕還有同夥在暗中幫忙。再說你也知道，你的情報已經外洩到帝國了。假使你公開行動，『屍』有可能會躲藏起來。」

最後室長說道：

「讓少女們參加吧。光憑你一人是辦不到的。」

室長的話在克勞斯耳邊縈繞不散。

回顧發生在對外情報室的一幕，克勞斯不禁嘆息。

他一邊回想讀到的資料，一邊研擬計畫。室長的威脅並非虛張聲勢。這次的規模儘管小，但是單純就難度而言，確實更勝上次的奪回生化武器。

必須要有狀況相當嚴苛的心理準備。

只不過問題是，是否要讓少女們參加——

（不，她們說不定會命喪「屍」手中……果然還是應該由我獨自執行。）

在戰鬥、互相揣測、爾虞我詐上，他不認為自己的能力會不如敵人。

可是縱使再有自信，他還是只有一副身體。沒辦法應對所有風險，也無法保證能讓少女們安然無恙。

（但要是她們有所成長，就另當別論了……）

心存這樣的願望只是枉然。既然是指導教官如此斷言，那麼肯定不會有錯。

無論如何，還是先收集一下情報再行判斷好了。克勞斯如此心想，然而——

「不過在那之前，我還有別件任務要交給你。」

室長卻又給了他另一件任務。

（那隻老狐狸。）

他忍不住咒罵。

室長從前以現役身分站在最前線時，肯定相當精明能幹。甚至可以想見，他用那副猛禽般目光恫嚇目標的模樣。

說到底，方針只有一個。

那就是迅速完成簡單任務，然後為殺死「屍」做準備。

疲勞什麼的，根本是不值一提的小問題。

接下任務的隔天早上，少女們又對克勞斯設下圈套。

他來到走廊上，見到那裡莫名有隻小狗。是其中一名少女所飼養的品種。大概是逃出來了吧。如此猜想的他才伸出手，小狗立刻後退跑走了。他追著小狗來到儲藏室，結果五名少女埋伏在那裡，對他展開攻擊。

「連遊戲也談不上。」

克勞斯輕易就解決了五人。

正當他準備離開儲藏室時，發現門把被設下陷阱。死角裡有針。假使不小心握住，就會傷到指尖。

他用手帕保護手指，捏起針一瞧，上面塗了某種東西。

毒藥——說起這個團隊裡會用毒的人，就只有那名少女。

「百合，是妳啊。」

「呀！」的怪聲傳來。

接著門開啟，表情怯懦的百合探出頭來。

「你、你發現了……？虧我還打算趁你鬆懈時設下陷阱——」

「妳太單純了。」克勞斯將毒針還給她。「熟練的間諜對惡意十分敏感。這種程度的陷阱，即使不是我也察覺得到。」

「唔，我還以為自己有所成長了……」

「成長到不會忘了帶解毒劑的程度嗎？」

「哼哼～！我最近十次只會忘記一次啦！」

但是問題就在於會忘記一次。

讓少女去挑戰任務，果然還是令人不安。

「對了。」克勞斯忽然靈光一閃，拍拍她的肩膀。「妳跟我來一下。」

接著就帶著錯愕的她，離開陽炎宮的腹地。

克勞斯坐上停在街道一角的汽車，讓百合坐上副駕駛座，然後就這麼開著車，駛向高速公路。途中，他有件事想要先確認一下。

「咦？你為什麼硬是把我帶來？莫非，這是所謂的兜風約會——」

「妳們想要參加任務嗎？」

克勞斯打斷思緒混亂的百合的話。

他駛上高速公路，等到周圍不見人影了才開口問道：

「我想要先問問看，當作參考。妳們對於現狀的感覺如何？」

「這個嘛——當然想要參加啦。」

大概是發現自己誤會了，百合難為情地撓撓臉頰。

「不過，大前提是要不會喪命啦。我們所有人都為了以間諜身分大展身手而勤奮訓練，現在也很努力地想要打倒老師。我們也想成為聞名世界的間諜，受人吹捧。」

「這樣啊。」

「再說，要是沒有成功報酬，薪水也會變少……」

「這個妳不需要擔心。即使是我單獨達成的任務，成功報酬也會均分給妳們。」

「咦？既然這樣，我們不就可以繼續偷懶了好痛！」

克勞斯握著方向盤，用手指彈了她的額頭。

「妳想要受人吹捧的願望跑哪兒去了？」

「因為！只要躺著什麼都不做就可以拿到很多錢，又會被人當成名間諜崇拜，這樣簡直太完美了呀！」

「給我收斂一下妳的慾望。」

「可是——假使那一點無法實現，我還是想要挑戰完成任務。」

百合壓低音量說道：

「因為我們也是間諜。我們也想要改變世界。」

她的語氣中蘊藏了濃厚的情感，不見平時的輕挑態度。

和被指定為隊長，天真爛漫地高興歡呼時不同。斜眼望去，可以從她的表情中窺見使命感。

「——好極了。」

兩人抵達的地方，是位於首都和港都邊境的地方都市。

這裡位於連接兩座城市的鐵道沿線，人口約有數萬人。規模雖然不大，車站周邊卻有無數商業大樓林立，形成了鬧區。

「接下來等任務結束後再談。」

聽到下了車的克勞斯這麼說，百合的表情頓時亮起來。

「咦？你馬上就要讓我參加任務嗎？」

「正是。妳到街上散步一個小時，然後買飲料回到車上。」

「收到。在那之後呢？」

「回家。」

「啊？」百合張大嘴巴。

「我一個人和目標接觸就夠了。」

克勞斯之所以讓她上車，是為了好好地和她對話。因為最近在陽炎宮內，很少有機會可以靜心交談。

「那樣不叫出任務，叫做跑腿！」

無視百合的不滿，克勞斯將頭髮往後紮起，做好執行任務的準備。

室長交付給克勞斯的任務，是揭發潛藏於國內的間諜。

任務內容十分簡單。

只要根據其他間諜團隊所得到的情報，逮捕目標即可。

只不過，對方是熟練的間諜。向信賴帝國的政治家提供資金援助，企圖妨礙港灣的開發。同胞曾二度試圖將之逮捕卻被逃掉，於是這次輪到克勞斯出馬。

對手這次的潛伏地點，是集合住宅內的一個房間。克勞斯假扮水管工人登門拜訪，然而對手卻早已察知襲擊一事。恐怕是同胞出的紕漏吧。室內被設下了陷阱。對手想必是打算反過來抓住克勞斯，逼他吐出實情。

克勞斯擺脫陷阱，和敵人交戰。

所幸，周遭環境無論怎麼激戰都不成問題。隔壁兩戶的居民都不在，管理員和那兩戶人家據說都出門旅行了，因此可以放心作戰。

沒花多久時間，克勞斯就憑著承襲自師父的格鬥術將其制伏。

「你在這座城裡有同夥嗎……？」克勞斯用刀子抵住敵人的喉嚨。

「…………」男性間諜始終無語。

「沒有啊。那我就暫時放心了。」

「……！」

他不自覺地從敵人的反應察覺到真相。

看樣子，這座城市裡並沒有他的同夥。

「我話先說在前頭，你在其他城市的同伴也正遭到舉發。勸你不要胡亂蒙騙。」

潛藏於國內的間諜網的揭發行動，是在同時間迅速進行。

因為要是情報中途洩露，結果讓對方逃掉就糟了。

「你會察知襲擊的理由是什麼？莫非是——」

對方始終保持沉默，然而克勞斯從他的表情掌握了一切。疑問已然冰釋。

如此一來，任務就完成了。

克勞斯聯絡同胞，移交犯人，然後換上西裝，離開房間。之後會有其他團隊幫忙處理善後，他接下來只要回去寫報告就好。

克勞斯凝視自己的手。

（肌肉果然感覺好沉重……）

被逼到走投無路的對手企圖喝下毒藥。儘管只有微量，對方還是含進口中了。假使克勞斯走錯一步，就有可能讓身為珍貴情報來源的目標死去。

連續無休或許已經開始產生影響。

（雖然沒時間，不過一方面為了向百合道歉，還是至少請她到餐廳——）

正當他如此心想時——

——槍聲。

不久後是慘叫聲。

是從街上傳來的。

克勞斯反射性地抬頭。這個地方都市裡雖然有好幾個幫派，不過克勞斯並沒有收到幫派械鬥的消息。難道是自暴自棄的敵方間諜失控了？可是，剛才那名間諜應該沒有同夥才對。

來歷不明的槍聲。

更重要的是，那聲慘叫的主人是百合。

她被捲入某起事件——？

（我不能以疲倦當作藉口……）

所幸，身上裝備幾乎齊全。不僅有帶槍，其他間諜道具也都帶在身上。對手的運氣太差了。

（竟敢對我的同伴出手，我不會輕易放過的。）

在心中這麼嘀咕，克勞斯拔腿朝小巷奔去。

幸好，市民們對於街上突然響起的槍聲並未顯得驚慌失措。

克勞斯正為此感到奇怪時，就看見一群警察圍在路上的廢棄車輛旁。車子爆胎了。他們大概把剛才的聲響，誤以為是輪胎劣化所產生的爆破聲吧。警察很快就準備離去，街上氣氛一片平和。

可是，那無疑是槍聲沒錯。

有人故意誘導警察。

克勞斯趕往尖叫聲的方向，只見百合非常醒目地一屁股坐在小巷中央。

——手臂流了血。

她背靠著大桶子，對右手臂做了急救處置。她用刀子割破自己的制服裙，做成繃帶。流到頸子上的粒粒汗珠，訴說著她有多麼疼痛。

見到克勞斯跑過來，她望向小巷深處。

「老師！我不要緊，西邊！身穿米色外套的男人往那邊跑了！」

傷口似乎相當深。她的腳下形成了一灘血。

儘管在意她的狀況，然而就如她所言，現在應該要去追襲擊者才對。

（究竟是什麼人……？）

克勞斯使盡全力跑過小巷。巷弄裡沒有半個人影，也沒有人錯身而過。

可是卻找不到身穿外套的男人。對方似乎已經跑遠了。

他閉上眼睛，將意識集中在雙耳。從腳步聲聽來，在小巷內奔跑的只有兩人。可是他直覺地感應到，另一人的腳步聲並未流露出焦躁、動搖的情緒。

腳步聲從離克勞斯很遠的地方傳來，正朝著主街道而去，逐漸混入其他腳步聲中。再這樣下去很難憑聽力追上。

他用鐵絲勾住林立的建築屋頂，向上一躍。

一抵達屋頂，旋即放眼環視四周。

不見身穿米色外套的男人身影。

連看似正在逃跑的男人、正在提防遭人尾隨的男人也沒有。

小巷裡，已經沒有任何人的氣息。

（被對方逃掉了嗎……？不，總覺得哪裡不太對勁。）

雖然無從得知這份怪異感為何，但也只能暫時放棄。

回到原地，百合已經完成了急救處置。

她用繃帶纏好手臂，也不再滿頭大汗。

「啊，老師。敵人怎麼樣了？」

語氣一派輕鬆。

「抱歉。很遺憾，我似乎讓對方逃掉了。」

「咦？老師也會這樣？」

「我很高興妳這麼信任我，但是地點實在太不利了。」

儘管一直強調會變成像在找藉口，但要追上敵人確實強人所難。

襲擊發生的當下，克勞斯身在遠離現場的地點。既然趕到時對方已經消失了，自然也就無從找起。

「…………」

可是，百合卻一副很不可思議地沉默不語。

「怎麼？我讓妳失望了嗎？」

「啊，不是，只是因為老師剛才自信滿滿地去追敵人，我才覺得有些意外……」

「自信滿滿？」

自己有表現出那種態度嗎？

若真如此，那真是太丟臉了。

「──不對，現在先別管襲擊的事了，還是治療手臂比較要緊。」

「啊，說得也是。」

之後再詢問百合詳情好了。對外情報室說不定知道些什麼。倘若此事和「屍」有關，事情的發展將會變得很有意思──

就在克勞斯一邊朝醫院的方向走去，一邊在腦中思索時。

「嘿」的一聲傳來。

轉過身，古怪的景象映入眼簾。

他不明白。

不明白為何會發生眼前這樣的事情。

百合將毒針扎進了克勞斯的手臂。

而且還是用應該受了傷的右手。

一陣惡寒竄過全身——

隨後，身體有如著火似的發熱，汗水噴發。

恐怕是百合的毒針造成的吧。好驚人的即效性。

毒物專家「花園」百合所製造的祕毒——

「為什麼……？」克勞斯用顫抖的雙唇詢問。

「咦？老師你不是說過嗎？」

視野中，百合神情不解地偏著頭。

「你跟我說：『下次見面時，把毒針當成止痛劑打在我身上。』」

克勞斯當然不記得自己這麼說過。

「止痛劑……？」

「因為老師的右手臂出血了……」

出血？不可能有那種事。右手臂受傷的人是百合才對。

克勞斯無法繼續再問下去，渾身無力地靠在百合身上。

雙腿變得使不上力。腦袋好重，眼前天旋地轉。

百合驚慌大喊，抱住了克勞斯。她似乎察覺到自己犯了錯，整個人顯得十分慌張。

在一片混亂之中，心中的怪異感終於串在一起了。

「——好極了。」

克勞斯抓住百合的手臂，吐出那句話。

她的手臂上果然沒有受傷的痕跡。

「原來如此，手段真是高明啊。開槍後，跟我說自己受傷的百合，和現在眼前的百合並非同一人。」

「咦……？」
「說得更清楚一點，百合，現在妳眼前的我，和右手臂出血、命令妳『用毒針扎我』的我也是不同人。」
能夠想到的可能性只有一個。
「有兩個妳和我。」
那項精湛的手法令人著迷。
對方恐怕完全操縱了百合。
敵人大概是變成克勞斯的模樣，露出右手臂的傷勢，讓百合發出慘叫，然後隨便說服她，要她「在右手臂上纏繃帶，下次見面時用毒針扎我」。敵人像這樣騙過百合後，自信滿滿地離開現場，接著變裝成百合，和克勞斯接觸。
流暢的計謀盤算，以及超群的變裝技術——
克勞斯只知道一個人擁有如此絕技。
「……跟我料想的一樣。」
沉靜的說話聲響起。

一回過頭──

站在那裡的，是另一個百合。那個人拭去右手臂上的血液，泛起微笑。

「老大對圈套很敏感……能夠確實感應到惡意和殺氣……」

她可能是目睹了今天早上那一幕吧。

目睹克勞斯察覺門把的陷阱並加以迴避。

「所以，我操控百合，讓她將善意的毒針扎在你身上。」

另一個百合用手指觸碰自己的臉。

「代號『愛娘』──笑嘆的時間到了。」

報上名號的同時，她用左手摘下百合的臉。

在面具底下的是一名紅髮少女。

──變裝專家葛蕾特。

◇◇◇

在間諜的世界裡，變裝是很常見的事情。

無論是誰，都擁有變裝成虛構的他人的技術。假髮、墨鏡、化妝——只要巧妙運用那些，變裝並非難事。

但是，要變裝成實際存在的某人就另當別論了。難度完全不是同一個次元。

首先，要準備覆蓋整張臉的樹脂面具，然後上色、塑形。

必須具備卓越的觀察力。

完美模仿他人的姿態、言行、聲音，這即使對一流間諜而言仍是一項困難的技術。

可是克勞斯在召集「燈火」的成員時，在培育學校聽說了一件事。

聽說有一名少女儘管擁有罕見的變裝技術，卻沒能發揮自己的實力——

◇◇◇

（不……不管怎麼想，她應該都已經徹底發揮實力了。）

實情和情報之間的出入令克勞斯感到困惑。

克勞斯並沒有特別給予指導。雖然不曉得她過去有什麼樣的隱情，不過她大概已經靠自己克服了吧。還是說，是教官看走眼了呢？

「……我終於將你逼入絕境了。」

葛蕾特喜孜孜地面露微笑，手裡還拿著假髮和撕破的面具。

每每見到，她的技術總令人驚訝。

她剛才徹底變成了百合。完美複製了百合的外表、聲音、舉止。

克勞斯之所以沒能識破她的變裝，不只是因為她的技術高超——還有傷口。

十分逼真、不停滴落的鮮血。

那大概是真血吧，因為有鐵鏽味。也許是使用了輸血用的血。如果說克勞斯見到同伴流血，內心沒有產生動搖，那絕對是謊言。葛蕾特確實看穿了克勞斯的弱點。

「…………」

克勞斯一邊繼續假裝很不甘心的樣子，一邊若無其事地把手伸向百合的衣服。假使百合事前告知的情報正確，那麼她身上應該藏有解毒劑才對。

「沒有解毒劑啦。」可是，背後卻傳來一道凜然的說話聲。「——我已經偷走了。」

另一名少女從小巷中現身。

「燈火」的一員，白髮少女席薇亞。

一如她所言，百合全身上下都沒有解毒劑。

接著，其他少女也繼席薇亞之後陸續現身。她們單手拿著武器，圍繞在克勞斯四周。團隊一共八名少女聚集在巷弄內。方才混入主街道的腳步聲，恐怕也是其他少女演出來的吧。

她們紛紛對葛蕾特發出「真不愧是葛蕾特的計畫」、「本小姐也覺得很高明」的讚美。

見到這幅情景，百合一臉呆愣。

「咦？可是我什麼都沒聽說耶。」

「……因為要是事先告訴妳，妳一定會把情報洩露給老大。」

「我也這麼覺得，所以無法反駁！」

百合輕輕地讓克勞斯坐在地上。

少女們團團圍住坐在石板地上的克勞斯，露出誇耀自滿的表情，彷彿對這一刻期待已久似的。

葛蕾特開心地呵呵笑道。

「匍匐在地的老大也好有魅力呢……感覺很適合躺大腿……」

克勞斯左右搖頭。

「我以前都不知道，原來妳有如此虐待狂的一面。」

「我推測老大應該是被虐狂……」

「我說『襲擊我』並不是那個意思。」

「老大把自己逼得太緊了啦……」

葛蕾特開口：

「……你如果是在正常情況下，應該一見到受傷的百合小姐就會識破變裝了……」

「…………」

「三個月前失去『火焰』以來，老大完成了許多事。你挑選出『燈火』的成員，命令部下進行讓自己一刻不得休息的訓練，並且達成了不可能任務。之後，你又為了不成熟的我們，在休假期間照常工作。」

「好像是這樣沒錯。」

「你最後一次休息是什麼時候……？是十天前？還是一百天前？」

克勞斯感受到無法隱瞞的壓力。

少女們並不知道，克勞斯直到失去「火焰」前不久，一直都在單獨執行特殊任務。假使把那些也算進去，工作天數會相當多。

「是四百六十五天前。」

「「「「哇啊……」」」」

好幾名少女異口同聲地驚呼。

約莫十五個月。沒有休假，終日埋首於任務與訓練中。

「你是笨蛋嗎？」席薇亞嚴詞指責。

葛蕾特嘆了一口氣。

「……太亂來了。若是一般人，這麼做早就吐血倒下了。」

聽了她的話，其他少女也紛紛開口，說出「你就依賴一下我們嘛」、「儘管放心休息吧」這類意思的話。

看樣子，她們同樣也對於現狀感到疑惑。

因此才會為了展現實力，向克勞斯展現她們的合作能力和技術。

「…………………」

克勞斯不知該如何回應。

「請不要獨自扛起一切……」葛蕾特微笑著說。「老大身邊已經有我們了……請儘管向我們撒嬌。」

葛蕾特悄悄從懷中取出手槍。那是小型的自動手槍。

「好了，宣布『投降』吧……」

她喀嚓一聲拉動手槍滑套，將槍口抵住克勞斯的額頭。

「——然後從今晚起，請務必在我的懷中好好休息。」

充滿慈愛的笑容。

眼神如女神般溫暖而祥和。

克勞斯舉起雙手，表示自己不會抵抗。

「妳們的心意我收下了。」

葛蕾特露出笑容說：「好的……」

「我的確是累了。完成不可能任務後不僅連一天也沒有休息，尤其這兩星期以來還連續出任務，又在任務的空檔和妳們進行訓練。就算是我，也沒有無窮無盡的體力。這大概正是所謂疲憊不堪的狀態吧。」

「沒錯，所以——」

「但是，我問妳們——」

克勞斯接著說。

「——我該陪妳們玩這場遊戲到什麼時候？」

「咦……」

克勞斯像是要趴伏在地般倒下。

遠離槍口的同時，他伸長了腿，朝葛蕾特的腳一掃。

葛蕾特無法對他敏捷的動作即時做出反應。她本來就不是擅長格鬥的類型。當她好不容易站穩時，形勢已然逆轉。

克勞斯的貫手抵住了她的喉嚨。

「——好極了。」

要是敢動一下，就用手指撕裂頸動脈。

像是這麼威脅一般，克勞斯用手指觸碰她纖細的頸子。

其他少女則是茫然呆立在原地。

「不具敵意的毒針——真是精采啊。首先我得好好誇獎妳的點子。」

毒性已經從克勞斯的身體退去。

他藉著延長對話，讓自己的身體狀況恢復正常。

「對不起……」百合充滿歉意地說。「我沒能完全將毒針扎進去。因為只是擦過而已，所以儘管微量就很有效，毒藥還是沒能抵達血管……」

她沒有理由遭受譴責。因為她什麼也不知道，就只是被利用罷了。

葛蕾特瞠目結舌，渾身僵硬。

「你為什麼會知道要閃避……」講話也結結巴巴。「你應該察覺不出攻擊才對……」

「我早就察覺到了。」

克勞斯讓手指遠離她的頸子。

「就如同妳所言，一流的間諜對惡意和敵意很敏感，善意的攻擊反而有效這一點確實沒錯。可是，既然事前見到那麼多可疑之處，自然會心生警戒了。」

「你事前就預料到了……？」

「清場做得太露骨了。」

克勞斯輕彈葛蕾特的手腕，讓槍從手中掉落，然後把手槍搶過來，在手中微微地轉動。

其他少女看起來沒有要展開攻擊的意思。她們可能也明白吧，面對準備萬全的克勞斯，就算上前挑戰也沒有半點勝算。

「我是不自覺察覺到的。不過說到可疑之處，那可是舉也舉不完。」

他繼續解說：

「流血的百合身在小巷中央的醒目地點，腳下還有一灘血，看起來的確在那裡待了很長一段時間，然而那裡除了我沒有其他人。因為市民和警察把槍聲誤認為車子的爆胎聲，所以沒有人趕去那裡。以巧合來說，實在是太過湊巧了。雖然不清楚目的為何，不過我察覺到那麼做，是意圖使能夠用耳朵分辨槍聲和爆胎聲的人上勾。」

槍聲甚至傳進了身處遠方的克勞斯耳裡。

警察或有勇氣的市民，照理說應該會趕往無人的小巷。可是，他們見到爆胎的車子後停下了腳步。會繼續前進、發現受傷的百合的人，就只有經過特殊訓練的間諜。

那瞬間，克勞斯發覺敵人的目標是自己。

當然，那只是後來加上去的理由，當下他是憑直覺感應到的。

「一旦發現那是露骨的誘導，自然就會提高警戒——」

克勞斯清楚明瞭地說：

「——今天和我交戰的間諜也是如此。」

敵人說，他對於兩旁的居民同時外出旅行一事感到可疑。得知此事時，克勞斯對於同胞粗糙的清場方式覺得無言，結果現在相同的事情卻發生在自己身上。

犯下同樣錯誤的少女們張大嘴巴，啞口無言。

克勞斯一一望向少女們。

「若我把今天的任務交給妳們，妳們早就沒命了。」

少女們難為情地移開視線。

最後，他轉頭看向葛蕾特。她雖然沒有把臉別開，表情卻已不見先前的自信活力。

「妳們全都擁有絕佳的才能，想必總有一天會綻放。但是就現階段而言，妳們的實力還不夠。」

克勞斯留下最後一句話。

「我無法依靠妳們。」

之後他拋下少女們，逕自走出小巷。

那天夜裡，克勞斯在自己的房間裡嘆息。

（現在就帶她們出任務還太早了……）

考慮到今天的結果，他不得不做出這樣的判斷。

（就算是勉強硬幹，也只能由我一人去挑戰。）

這是十分合理的選擇。

縱使情勢艱難也一樣，「屍」只能由克勞斯一人出馬應付。

（經營新團隊好難啊……）

他再次有了這樣的感想。

即使一天結束了，依舊有大量工作等著他去做。而且，其中還有唯獨世界最強的他才能處理的任務。

儘管感到疲倦，但要是他不勉強自己，就會換成其他人喪命。

（問題堆積如山……）

——接連落到自己身上的高難度任務。

——很難保證能夠安全達成任務的部下們。

——確實並逐步在自己身上累積的疲勞。

——逼近眼前的不可能任務「殺死刺客」。

克勞斯並沒有輕視成立團隊這件事，結果卻是這個樣子。

儘管困惑，也只能不斷摸索正確解答。

如今身邊已經沒有能夠帶領自己的師父和老大，他失去了可敬的同伴。

身為教官的同時也是一流間諜。究竟該如何兼顧這兩種身分呢？

（「火焰」的同伴都不在了。我就算粉身碎骨，也一定要保護她們……）

一邊這麼心想，克勞斯不由得閉上雙眼——

想著想著，克勞斯不小心打了個盹。

坐在椅子上睡著的他，讓身體離開椅背。

自己上次在床以外的地方睡著，究竟是多久以前的事了？有種回到少年時代的感覺。當時他在結束訓練後，經常會在大廳的沙發上熟睡。

發現自己又無意識地被囚禁在過去的幻影中，他左右搖頭。以世界最強間諜的稱號自負的人，實際上竟然是這麼沒出息的男人，簡直豈有此理。

將他從意識中拉回來的，是一股柔和的草香味。

「……葛蕾特？」

「我帶今天的茶來了……」

桌旁，葛蕾特端著上面擺了茶壺的托盤站在那裡。

「為了讓你好睡一點，我準備了香草茶要給你喝，結果好像反而把你吵醒了……」

「不，沒關係。我只是稍微打個盹而已。」

「非常感謝老大白天陪我們訓練……我們剛才開完檢討會了……」

葛蕾特迅速將茶注入茶杯。

其實她大可趁自己打盹時動手襲擊。

儘管克勞斯這麼覺得，然而她似乎有她自己的原則。香草茶裡也沒有下毒的跡象。

葛蕾特遞出茶，接著將雙臂大大地朝兩旁展開。

「……好了，最後只要和我互相擁抱就完成了——」
「那就不必了。」
克勞斯心懷感激地只品嚐茶水。
葛蕾特對他投以顯然十分遺憾的眼神。可想而知，克勞斯當然是視若無睹。
「妳還真堅持耶。」
事到如今，實在不得不稱讚她。
克勞斯原以為她會因為白天的失敗就此放棄，沒想到她還是持續進攻。而克勞斯是將茶含入口中的瞬間才發覺自己渴了，可見她的時間點抓得非常好。
「我就直接問了。」
是時候開口確認了。
「妳是不是喜歡我？」
「……！」
葛蕾特肩膀一震。
差點讓一直拿在手裡的托盤掉下來，好不容易才動作慌張地重新拾起。
「……真、真不愧是老大。」她瞪大雙眼。「……居然發現了。」
「妳有想要隱瞞的意思嗎？」

「…………………………………………………………………………」

經過一陣沉默，葛蕾特喃喃嘟噥。

「……跟我料想的一樣。」

「不要說謊。」

被葛蕾特告白這件事，不能就這麼輕輕帶過。

間諜的戀愛情感是個難題。有的人會把戀情看得比任務更重要，甚至在某些情況下，戀情還會成為弱點。假使繼續裝作不知情，以後將會在意想不到的時候引發問題。

還是應該現在就給出明確答覆才對。

「葛蕾特，我對於妳的心意——」

「答覆……」葛蕾特的聲音顫抖。「……請之後再給我。」

被強行打斷了。

她左右搖頭。

「……因為我還沒有做好心理準備。」

「可以的話，我希望早點把話說清楚。」

「可是……」

聽到她微弱到快要消失的聲音，克勞斯心裡一陣內疚。

雖說是間諜，對方終究是十八歲的少女。或許不該做出隨意踐踏人心的舉動。

「抱歉，那就下次有機會再說吧。」

「……謝謝老大。」

「只不過，我想告訴妳，我不贊同公私混淆。從明天開始，妳不用替我泡茶了。妳不是我的傭人，不需要為我那麼費心，好好認真訓練吧。」

葛蕾特一臉不服地緊抿雙唇。

克勞斯儘管也想謹慎對待她的愛意，然而現在的他實在無暇應對。肩負教官與間諜之職，他實在沒有餘力再去背負身為男人的責任。

「……我明白了。」

不久，她點點頭。

「不過，請至少收下這份報告書……」

「報告書？」

「就是老大今天達成的任務的報告書……」

葛蕾特遞出藏在身上的文件。那份文件由好幾張紙裝訂而成。

「我知道自己很多管閒事……但是因為老大說過自己正為了重寫報告書而苦惱，所以……」

「……妳就幫我寫了嗎？」

「是的……我監視老大的行動，只寫下我所能寫的範圍。」

克勞斯確認內容，上面詳細記錄了他的行動。

克勞斯並沒有察覺自己受到監視，想必她是從相當遠的位置用望遠鏡監看吧。而她會這麼做，大概也是為了避免給克勞斯的任務添麻煩。

「事到如今，我只能說真是太佩服妳了。妳實在是太用心了。」

「……想要向我撒嬌了嗎？」

「關於這個問題我決定不予理會，不過我得向妳道謝才行。謝謝妳。」

葛蕾特恭敬地低頭致意。

其實應該致謝的是克勞斯才對，不過這麼做確實很像是她的作風。

她收拾好喝完的茶杯，準備離開房間。

克勞斯口頭慰勞部下的付出後，走向書桌。經過短暫的休息，他又再次恢復了精力。正當他打算為與「屍」交手做準備，著手處理自己的工作時——

「不，等一下。」

——他叫住了葛蕾特。

感覺不太對勁。

經過千錘百鍊的直覺，對那份奇怪的感覺敲響警鐘。

克勞斯遺漏了某樣東西，而理性強行將那樣東西撈了上來。

「既然如此，妳是什麼時候擬定這次的計畫？」

正準備離開的葛蕾特露出不解的神情。

「為什麼這麼問……？」

「太快了。」

克勞斯對她投以疑惑的目光。

「我沒有告訴任何人今天的任務。妳應該沒有時間構思計畫才對。」

這次的襲擊，少女們沒有時間準備。

克勞斯會讓百合上車，完全是當場臨時起意，而且也沒有告訴她任務的內容。可是，雖然多少有些粗糙，少女們卻以葛蕾特為中心展現出合作能力，操控了百合。

光是這一點就非常值得讚賞了，然而她卻同時進行了其他工作——？

葛蕾特將手指抵在唇上。

「這個嘛……我看見裝在百合小姐身上的發訊器移動後，花了一些時間在預測地點、跳上火車、掌握狀況上……」

葛蕾特小聲嘀咕，整理資訊。

不久，她說出答案。

「兩秒……這就是我構思此次計畫所花費的時間……」

好短。

但是克勞斯不認為她在說謊。考慮到她移動至克勞斯造訪的城市、找到克勞斯和百合的所在地點，以及清場所耗費的時間，她應該完全沒有時間去構思計畫。

太驚人了。

當然，如果是克勞斯，他一定能在相同時間內想出更高水準的計畫。可是，那是因為他是有資格自詡為世界最強的優秀間諜。

短短兩個月前，還是培育學校裡吊車尾的少女——

她的聰明才智已經超越諸多間諜了。

無法光憑才能解釋的成長速度。

「……這沒什麼好值得稱讚的。」

葛蕾特搖頭說道：

「我只是將自己事前模擬過的幾百、幾千種情境之一，試著付諸實行罷了……只要每天和老大交手，自然能夠預設出精準度高的情境。我不過是像這樣每天晚上思索攻略老大的方法、累積點子，然後從那些點子之中，選出一個符合狀況的來執行……」

「妳居然做到那種地步……」

「這是當然的呀。眼見心儀對象疲憊不堪卻還獨自挑戰任務，不肯依靠自己，而我非但幫不了忙，甚至還勞煩他陪我進行訓練……！」

葛蕾特用含淚的雙眸訴說。

「只會對心上人造成負擔的自己……令我焦躁不已……」

克勞斯表情愕然地注視著她。

為此反覆上千次的盤算，就是她急速成長的主因？

好深沉的愛意。

克勞斯實在不明白。

——葛蕾特究竟為何會如此愛慕自己？

就連克勞斯的直覺，也無法掌握這個問題的答案。

可是，現在應該以其他事情為優先。

「——————」

迷惘僅只一瞬間，他旋即做出了決定。

眼前出現一線光明。

那是能夠打破一籌莫展的現狀的手段。

既然如此，就先從解開她的誤會開始吧。

「葛蕾特。」

克勞斯開口。

「我並沒有把妳當成負擔。」

「……咦？」

「非但如此，我還很感謝妳。是妳們填滿了我因為失去『火焰』而產生的內心空洞。其實，我比任何人都希望『燈火』存續。」

葛蕾特揚起兩道眉毛。

「是這樣嗎……？」

「是啊。所以，我才會過度謹慎到不像樣的地步。」

這樣的自己大概會被譏諷是膽小鬼吧。

因為珍惜，所以不想失去。

儘管如此，還是必須向前踏出一步。光是害怕，是抓不住任何東西的。

「殺死刺客——那是下一次的任務。」

「……咦？」葛蕾特目瞪口呆。

「葛蕾特，妳願意協助我嗎？我需要妳。」

只能賭了。在她的理智與愛意上下賭注。

要讓團隊進入到下個階段，她的強大決心不可或缺。

葛蕾特大大地深吸一口氣。

「這莫非是……」

「是什麼？」

「……求婚嗎？」

「不是。」

克勞斯無力地垂下肩膀。

該怎麼跟她解釋呢？果然應該清楚說明自己的想法嗎？

「……我開玩笑的。」

但是，在克勞斯開口之前，葛蕾特就面露淺笑。

「老大，我絲毫不期待這份感情會得到回報……也不求你回應我的愛……可是，我已經決定好如何答覆了。」

沉靜而真摯的語氣。

「——為了你，以及你所成立的團隊，我非常樂意答應。」

眼眸中沒有一絲迷惘。

儘管不明白那份愛是從何而來，能夠說的就只有一句話。

「——好極了。」

「……跟我料想的一樣。」

克勞斯說完，葛蕾特以沉靜的語調低聲回應。

無論如何，總算是找到新的可能性了。

難度更勝上次的不可能任務——克勞斯想到了使其成功的計策。

「我要選拔出四名成員。」

「選拔……？」

「是啊。很可惜，這次的任務我無法將八個人全部帶去。」

克勞斯點頭。

「就由現階段——『燈火』最強的四人去挑戰刺客吧」

選拔。

克勞斯的決定很快就化為傳言散布開來。

不只是葛蕾特，其他少女們也都對現狀感到疑惑。

——克勞斯的超級獨裁體制。

老大獨占命令權理所當然，可是，如果連任務也是由克勞斯一手包辦，那就另當別論了。不僅如此，就連報告、會計等瑣碎事務工作也都是由克勞斯負責，同時他還要對少女們進行指導。讓人快要昏倒的連續無休紀錄就這樣不斷更新。

以一支團隊來說，這樣的結構太畸形了。

可是，克勞斯的意圖很明顯。

——為了讓少女們專心鍛鍊。

儘管受到無力感折磨，解決辦法還是只有一個。

——只能努力成長，直到足以讓克勞斯依靠的程度。

做出這樣的判斷後，她們勤奮訓練。雖對不斷累積疲勞的克勞斯感到抱歉，還是故意乘隙襲擊他。克勞斯不在時，她們則會進行重訓等紮實訓練，有時也會在同伴之間練習互相欺騙。

然後有一天，任務終於降臨到自己身上了，但是——

「選出四人……這麼一來，其餘四人自然就得看家了。」

百合有氣無力地嘟噥。

她戴著護目鏡，面對桌子。在她手邊的是好幾樣怪異的機材，以及大量的香菸。她取出裡面的菸草反覆煮沸，萃取出尼古丁，此外還搗碎蟲子、植物取出毒液，和其他毒液進行調和。

她這個人平常雖然總是傻裡傻氣的，但是在製作毒藥這方面從不出錯。一邊說話，雙手仍俐落且正確地進行作業。

「不過，這樣的做法要說妥當也是沒錯啦。」

回應她的人是白髮少女——席薇亞。

少女渾身散發出凜然氣息。

刀刃般銳利的目光，以及讓人聯想到野獸的苗條身段。她和百合一樣都是十七歲，兩人經常彼此結伴。

她正在百合的床上進行開鎖的訓練。在她手邊的是開鎖工具，以及堆積如山的數十個掛鎖。她將那些鎖一一解開。

「他不放心把任務交給我們，可是，繼續由他一人承擔一切，總有一天會撐不下去。如此一來，他會做出只帶四名優秀者出任務的決定也是必然的。」

「就是說啊～這樣的決定說起來也是不差啦。」百合嘀咕。

「要說合理，也的確很合理。」席薇亞回應。

「可是，搞不好會那樣耶～」

「可是，有可能會那樣耶～」

兩人不安的語氣重疊。

「「團隊感覺好像會失和……」」

在此之前，「燈火」的少女們都是八人全員通力合作。所有人平等地分擔職務，各自發揮己力去面對訓練和任務，不曾有過勞逸不均的問題。

然而如今卻要選拔出四人——

「不過話說回來，我其實早有心理準備這一天遲早會來了。畢竟朝夕相處了兩個月，自然能隱約看出誰比較優秀。」

「順便問一下，妳覺得誰會入選？」

「率先出線的，當然是我這個美少女隊長百合——」

「認真回答。」

「……莫妮卡一定會被選中吧。」

傲慢的藍銀髮少女——莫妮卡。

說起團隊之中最優秀的少女，她肯定名列第一。演技、發想力、格鬥、射擊等等，所有技能都是頂尖等級。「我只是故意在培育機關摸魚而已。」如此誇口的她，在吊車尾集團「燈火」中是個特例。其實力無疑僅次於克勞斯。

然後，莫妮卡和席薇亞、百合同屬執行組。

「應該說，我們兩個肯定會被剔除啦！」

「就是說啊！」

百合悲痛地吶喊，席薇亞也在一旁表示贊同。

「燈火」分為三個組別。負責統整情報、制定計畫、指揮的「情報組」，完成情報組之命令的「執行組」，以及利用特殊技能支援他組的「特殊組」。

既然同組之中有實力不容質疑的王牌，其餘兩人被選上的可能性就很低。

「喔，時間差不多了。待會兒再聊吧。」

「嗯，該去做飯了。」

兩人中斷話題，離開房間。今天輪到百合和席薇亞負責下廚，她們得為所有少女做晚餐。

來到廚房，只見那裡有一名身穿圍裙的褐髮少女。

「咦？這不是莎拉嗎？妳怎麼來了？」

「啊，今天是妳們值班嗎？」

褐髮少女——莎拉露出親切的笑容。

少女有著一頭動物般蜷曲的頭髮，以及感覺怯懦不安的雙眸。最近已經有好一點了，不過起初剛見面時，她時常露出泫然欲泣的表情。女孩是自己和他人公認的膽小鬼，總讓人不禁想要保護她。僅僅十五歲的年紀或許也是原因之一吧。

今天明明不是莎拉負責下廚，她卻不知為何握著菜刀。

「因為老師拜託小妹幫他做飯啦。他現在好像正忙著和葛蕾特前輩開作戰會議。」

詢問之下，莎拉這麼回答。

她總是稱呼同伴為「前輩」，因為她進入培育機關的時間最晚。

「是喔，老師請妳幫忙做飯啊……」百合一臉意外地嘀咕。

好難得。

克勞斯從不把自己的家事交給少女去做，清楚地將少女們劃分成間諜團隊的部下，不介入她們的生活。這麼說來，他應該真的忙到不得不打破這條規則了。

「「………」」

百合和席薇亞互看一眼，同時點頭。

「好機會！我去拿毒藥！」

「好快下決定！」莎拉發出哀號。

「我去拿拘束用的鐵絲。」

「居然合作無間？」

莎拉拚命挽留火速開始構思計畫的兩人，可是兩人完全不聽勸，各自回房取來武器。

兩人的想法一致。

——這說不定是我們入選的最後機會。

「問題是，我們三人要怎麼下毒呢？」

「小妹也不知不覺成為一員了啊……」

莎拉一臉無言的表情。反抗大概也沒用吧，她露出那種死心的眼神。

三人站在廚房裡，將食材一字排開。

「根據之前的失敗經歷……」百合用手指撥弄裝有麻痺毒藥的小瓶子。「混入紅茶和料理時，他連碰都沒有碰一下。要試著塗在餐具上嗎？」

演技基本上對克勞斯不管用，而且他也對圈套很敏感。除非讓他心生動搖、削減他的專注力，否則他應該不會吃下有毒的料理。

「老師真的是怪物耶。」莎拉也抱頭哀號。

之後，她們又提出「在桌上的調味料裡混入毒藥，讓他自己加進去」、「做辛辣的料理給他吃，然後在水裡下毒」、「在百合的盤子裡下毒，然後餵他吃下去」之類的方案，卻沒有一個讓人覺得「就是這個了！」的點子。

眼見其餘兩人陷入苦思，席薇亞一副覺得奇怪地偏頭說：

「嗯？不是還有一個最簡單的手法嗎？」

莎拉止住話，用充滿期待的語氣「咦？是什麼？」地問道。

席薇亞一派悠哉地回答。

「我們不是要在料理中下毒嗎？既然這樣，當然就只能做出美味的料理啦。」

「…………」

莎拉眨了眨眼睛。

「……？」

然後求助似的望向百合。

看樣子，她似乎尚未掌握席薇亞這個人的特性。

「莎拉。」

百合開始解說。

「雖然我之前一直瞞著大家，但其實我是個冒失鬼。舉例來說，我是那種會在筆試時，明明全部答對，卻因為填錯格子而拿零分的類型。」

「是。」

「然後這個白髮女，則是就算認真應試還是會拿零分的類型。」

百合指著席薇亞，如此介紹。

席薇亞狠狠踹了百合的屁股。

「這是什麼爛比喻啦！」

「用來形容席薇亞妳的愚蠢程度，這個比喻簡直完美！」

「妳不也一樣拿零分嗎！」

「總比毫無智商、只知道蠻幹的人要好多了！」

百合使出渾身力氣大喊。

雖然平常都隱藏在百合背後，但其實席薇亞也相當沒用。

思考模式基本上是直線型。做事永遠靠蠻力，從不拐彎抹角。

知道演技對克勞斯不管用後，就讓不知情的同伴上場引爆炸彈。明白正面攻擊對克勞斯無效後，就不眠不休地一再偷襲。面對問題，總是以極其單純的解答來一決勝負——這就是她。

席薇亞不服氣地堅持己見。

「好了啦，妳們聽我說。我的計畫是，首先做出史上最棒的超美味料理，這麼一來，目標自然會鬆懈下來，之後就能用下了毒的紅茶將其制伏——沒有比這更棒的方法了吧？」

「唔，能夠做到的話，這個方法確實是很理想。」

百合低吟。

這樣聽起來，這個作戰計畫未必不可行——

「用說的是很簡單，可是，要怎麼做？」

「我早有準備。」席薇亞自信滿滿地說：「以前，我曾經撞見那個男人做午餐的樣子。因為心想也許有天能用上，就把步驟全部記下來了。」

席薇亞拿在手裡的是一張紙。

上面詳細記錄了所需材料、調味料、分量，以及製作過程所花費的時間。

「那傢伙連廚藝也是天才等級，而這可是他為自己所做的料理喔。只要照著這個做，一定能做出最棒的料理。」
「喔，原來如此。」
席薇亞自信的口吻，讓人不禁開始覺得這是一個妙招。
想不出其他計策也是事實，不如就來試試看吧。
於是，方針一致了。
「好了！我們來做出足以令他喪失理性的極品佳餚吧！」
席薇亞一聲令下，百合和莎拉「「好～！」」地齊聲吆喝。

她們反覆地試驗、摸索。
要重現克勞斯的料理並不簡單。由於克勞斯做菜是靠眼睛測量分量，因此調味料的分量只能相信席薇亞的目測。
負責烹調的是莎拉，因為她是餐廳主廚的女兒。在由席薇亞回溯記憶來輔助莎拉的形式下，好幾個試作品誕生了，接下來就是相信百合「試吃請交給我！」這句令人安心的台詞。她一滴不剩地清空盤子，隨即要求「下一盤！」。這個女人簡直有如慾望的化身。
整整超過平常的晚餐時間兩小時，令人滿意的料理才終於完成。

高麗菜捲。
百合立刻去找其他少女，大肆宣傳「這次總算是想出完美的計畫了」。其他少女的反應本來充滿質疑，直到百合擅自做出「要是失敗了，到時席薇亞會裸體跳舞啦」的約定，她們才起身行動。少女們各自將武器藏在身上，到餐廳集合。她們打算以毒藥麻痺克勞斯後，將他制伏。
八人在餐桌旁就座後，找來克勞斯，請他品嚐自豪的料理。
「——好極了。」
結果他讚不絕口，臉上表情也比平時來得柔和。
「抱歉要妳們幫我做飯。謝謝妳們，這真是美味極了。」
「對吧？」
席薇亞露出得意的微笑。
「廚房裡還有，你就儘管吃吧。百合，麻煩妳順便去泡茶。」
百合躲在席薇亞身後竊笑。一如她們所計畫的，克勞斯鬆懈了。他也許會毫無戒心地喝下有毒的紅茶。
八名少女等待著攻擊克勞斯的時機。
「不過嘛……」克勞斯開口附和。「如果硬要說的話——」
接著他站起身，走向餐廳旁邊的廚房。

廚房裡，有續盤用的高麗菜捲。克勞斯在用來淋在高麗菜捲上的白醬裡添加調味料，攪拌均勻，接著淋在分裝在八個盤子裡的高麗菜捲上，最後依序撒上香料、醋、油。

「——這樣子味道會更好。」

他將盤子端到少女們面前。

「「「「「「「…………」」」」」」」

不祥的預感。

少女們屏息抓起湯匙，戰戰兢兢地切開高麗菜捲，送入口中——瞬間，所有人失去理性。

回過神時，克勞斯已經從餐廳消失了。

少女們完全忘了襲擊這回事，貪婪地吃著高麗菜捲，甚至還用麵包將最後一滴白醬抹起來吃掉。心滿意足的她們儘管覺得自己好像忘了什麼事情，仍悠哉地品嚐飯後的紅茶，結果發現身體產生麻痺感，痛苦地在地上打滾。

徹底失敗。

席薇亞、百合、莎拉以外的成員像是早就料到會有這種結果一般，紛紛以顫抖的雙腿回去寢室。其中有好幾人跟席薇亞說「我很期待妳裸體跳舞」，但是她完全不曉得她們在說什麼。

在只剩下寥寥幾人的餐廳裡，百合大大嘆了口氣。

「沒想到居然還沒下毒就失敗了……」

席薇亞和莎拉也點頭。

「可惡，虧我還以為完美重現了那道料理。」

「結果還是存在著決定性的差異。那個味道簡直讓人全身都充滿了喜悅。」

只能承認，即使是一道料理，自己等人依舊遠遠不及克勞斯。

他大概會利用這項技術從事間諜活動吧。說不定會以貴族僱用的廚師身分臥底，又或者是請異性吃飯藉此打動對方。

自稱世界最強並非浪得虛名。

所以，只能接受。

他不依靠自己等人的理由——

「算了，還是放棄這次的任務吧。」

「說得也是……」

對於席薇亞嘆息似的結論，百合表示同意。

這次八成不會獲准參加吧。「燈火」裡，有好幾名比自己等人更優秀的少女。

莎拉大概也是這麼想的，只見她落寞地點點頭。

在一片死寂的氣氛中，百合開口：

「……不過，我們倒是可以來個反向思考。」

「怎麼？妳為什麼一臉得意的表情？」

「我們雖然會落選，但正因為如此，我們身上才肩負著重要的使命。妳想想看，要是落選的人滿臉愁苦，這個團隊會變得如何？」

「……大家會彼此顧慮，氣氛因此變得沉重起來。」

「要避免這種情況的方法只有一個，那就是落選者主動向其他人『恭喜妳！』這樣開朗地祝賀。」

席薇亞發出「喔」的一聲，同時恍然大悟似的拍手。

「說得也是。從長遠來看，這項工作確實很重要。」

百合「就是啊、就是啊」地笑答。

當然，自己能夠被選上是最好的，但是既然失敗了也只好轉換心態。畢竟，失去與同伴之間的情誼並非她們的本意。

「請、請問……」

這時，莎拉戰戰兢兢地舉手發言。

「那個……小妹可以幫忙嗎？坦白說，小妹也不認為自己會被選上……」

百合和席薇亞並未否定她的話。

莎拉是在間諜培育機關就讀年數最少的少女，所以雖然無可奈何，不過她的技術能力確實不佳。和她同為特殊組的愛爾娜、安妮特儘管各有怪癖，但的確都是優秀的人才。

雖然沒說出口，不過兩人早就明白這一點了。

「當然沒問題。」席薇亞在臉上堆起爽朗的笑容。「我們三人就一起慶祝吧。」

該做的事情確定下來後，氣氛自然而然就變得明亮起來。

席薇亞從沙發站起身，拍拍自己的臉頰。

「很好！不能再猶豫下去了！」

「就是啊！我們來大大地慶賀一番吧！」

「既然如此，就從祝賀莫妮卡開始如何？她肯定會被選上的。」

「小妹也贊成！我們來預先替莫妮卡前輩祝賀吧。」

「好！我們來幫她做個超大的聖代！」

於是，三人便興沖沖、和樂融融地開始製作聖代。

她們三人都非常清楚間諜的世界有多嚴苛。既然有八名少女聚集在一起，那麼勢必會有優劣之分，不可能所有人的實力都相同。然後，間諜的世界並沒有單純到可以對實力的不均視而不見。

她們早就在培育機關徹底體悟到這一點。

可是，不能因為這樣就鬧脾氣。

因為，就算成員實力有優有劣——「燈火」還是一體的！

像是要證明這一點似的，她們做出了特大號的聖代。水果、巧克力和打發鮮奶油堆成了一座小山。

最後，三人將草莓雕成愛心形狀，一片片地擺上去。

充滿心意的聖代完成後，她們為了不發出腳步聲，躡手躡腳地來到莫妮卡房門前——

「「「莫妮卡，我們來替妳加油了！」」」

然後一起衝進去。

——我們沒被選上無所謂。我們很期待妳的表現，希望妳品嚐這個特製的聖代。

不帶挖苦地說完這些，三人分別送上鼓勵的話。

「莫妮卡一定會被選中。」「妳要連我們的份一起努力喔。」「小妹會替妳加油的！」

受到祝賀的對象似乎有些竊喜。

真是幸好有這麼做。

滿懷成就感的三人一離開房間，就見到克勞斯站在走廊上。

「啊，對了，妳們幾個。」

他語氣淡然地說。

「去收拾行李。葛蕾特、百合、莎拉、席薇亞，妳們四人要搭明天的火車。」

「「「咦……」」」

「出任務的時間到了。」

三人瞠目結舌。

我們好像被選上要出任務了——比起為了這個事實吃驚，還有另一件事更令人在意。

「請、請問，莫妮卡沒有在成員名單內嗎……？」

「嗯？我預定安排她留下來待命啊。」

克勞斯若無其事地回答。

擔心團隊會因為選拔而失和，於是特地製作的驚喜聖代——

「「「…………」」」

——就結論而言，反而成了嚴重失和的肇因。

◇◇◇

被莫妮卡一把揪住前襟——

「妳們想找在下吵架是不是？剛才的聖代是什麼意思？故意找麻煩？莎拉就算了，反正妳一定是被捲進來的。問題是妳們兩個！話說回來，妳們難道就不能替老是被團隊的兩大廢物弄得暈頭轉向的在下，設身處地想一想嗎？啊？」

這樣狠狠痛罵一頓後，席薇亞前往克勞斯的房間。

「你這個臭傢伙啊啊啊啊啊啊啊啊啊啊啊啊！」

「好有氣勢。」

門也沒敲，席薇亞逕自闖入房內。

面對突如其來的闖入者，克勞斯毫不在意。他一副已經習慣似的，神色從容地坐在椅子上寫東西。

席薇亞大步走向克勞斯，粗聲粗氣地說：

「開什麼玩笑啊！你真的很不會挑時間耶！」

「我這次應該沒做錯任何事吧？」

他難得說得一點都沒錯。

席薇亞清清嗓子，讓情緒冷靜下來。她一不小心就擺出平常的態度怒吼了。

「……欸，我可以問你一個問題嗎？」

「什麼問題？」

「選拔的事情，選我們幾個真的好嗎？」

「妳不服我的決定嗎？」

「沒、沒有啦，我其實超級開心。只不過，我想知道你是怎麼想的。」

一放鬆，嘴角就不禁上揚。

席薇亞雖然經常批評克勞斯的所作所為，實際上卻很尊敬他的實力。因為克勞斯是她至今遇過最優秀的間諜，能夠獲得那樣的他認同，心裡不可能會不開心。

正因為如此，席薇亞才想詢問他真正的想法。

席薇亞、百合和莎拉都很難稱得上是特別優秀，然而為何會入選呢？

「這樣啊，那我就老實回答吧。」

「嗯。」

「——滿懷不安。」

「好過分！」

席薇亞忍不住大喊。
克勞斯抬起臉，用筆尖指著席薇亞的右手臂。
「妳右手臂的骨折狀況如何？」
「唔！這——」
「還沒完全復原對吧？妳現在應該連一半的實力都無法發揮。」
好像已經被識破了。
右手臂骨頭的裂痕——那是上次的不可能任務所造成的。
席薇亞擋下了某個怪物般男人的踢擊，但她的程度並無法承受專家使出真本事的一擊。僅僅一招，就令她無力繼續作戰。
將近一個月的時間過去，她的傷雖然快好了，卻很難算得上完全康復。
「那你為什麼要選我？」
「我會選妳是有原因的，只是我現在還不能告訴妳。」
「……我姑且問一下，你應該不是因為不自覺就選了，所以才解釋不出來吧？」
「…………」
「被我說中了喔！」
席薇亞雖然這麼吐嘈，不過克勞斯應該只是在開玩笑。

間諜無法得知任務的全部詳情。知道太多有時會害自己有性命之虞，也有洩露情報的風險。明明腦袋很清楚這個道理，席薇亞一時還是無法接受。

克勞斯吐了口氣，交抱雙臂。

「如果要我透露一部分的原因，那就是至少對妳而言有明確的意義。」

「意義？」

「妳把所有薪水都匿名捐給了孤兒院對吧？」

「喂，你怎麼會知道？」

她不禁冒出冷汗。

搏命完成不可能任務這份工作後，金額龐大的報酬匯入席薇亞的戶頭裡。之後，席薇亞將那筆錢原封不動地捐給了某間孤兒院。

她並沒有告訴任何人這件事——

「妳那麼大膽地挪動金錢，上頭自然會懷疑妳是雙重間諜。我已經替妳解釋過了。」

上頭似乎誤以為席薇亞對可疑機關進行資金援助。

「我選妳的理由和這件事有關。我是很希望妳可以去，不過……」

說到這裡，克勞斯一度止住話語。

視線在席薇亞的手臂和臉之間往返數次，之後嘆了口氣。

「……妳的右手臂確實有傷。儘管覺得可惜，但如果妳不舒服的話也可以不參加。」

這次的選拔，背後恐怕果真有糾葛的隱情。克勞斯的語氣中充滿著憂慮。

席薇亞連忙搖手。

「等一下，我來並不是想說我不參加。我只是想確認，你有沒有像這樣操無謂的心。」

「…………」克勞斯一言不發地注視她。

「因為你雖然基本上是個大膽的人，但只要牽扯到同伴，就會突然變得很謹慎。」

「好像是這樣沒錯。」

席薇亞已經摸透了他的性格。

自己本身的行事作風十分大膽。自稱是世界最強，一舉一動時時刻刻都充滿著自信。可是，一遇到要依靠同伴的場面就會顯得躊躇。

當然，席薇亞也察覺到其中的原因了。恐怕是從前失去同伴所造成的陰影吧。

「——我來是想告訴你不用擔心。能夠被選中，我覺得超開心的。」

席薇亞朝克勞斯伸出拳頭。

「你別看我這樣，其實我對於你從培育學校把我找來這裡，內心充滿了感激。我一定會加倍回應你對我的期待。再說看到葛蕾特也那麼努力，我怎能輸給她呢。」

席薇亞以前在培育學校也遭遇過挫折。她心中其實也有希望成為間諜的野心，並且一直為此努力不懈。然而不幸卻一再降臨，將她逼到差點就要逃離學校。

假使她沒有被找來「燈火」，肯定早就退學了。

克勞斯閉上雙眼，雙手抱胸。

「——好極了。」

也不知道他究竟明不明白席薇亞的想法，只見克勞斯深深地點頭。

「妳比團隊裡的其他人都來得善良，雖然有時會有思慮不周的毛病就是了。」

「後面那句話是多餘的。」

席薇亞狠狠地瞪他。

克勞斯睜大眼睛，喃喃說了句「對了」。

「既然如此，為了讓我放心，妳願意接受一項訓練嗎？只要稍微跟我對打就好。」

「對打？呃，可是我的右手臂——」

「我只會用一根手指。」

「！」

克勞斯一派從容地豎起食指。

席薇亞聳了聳肩。他的確很強沒錯，可是只用一根手指，再怎麼樣都打不贏吧？

「喂喂喂……你這樣會不會太瞧不起我了？」

「既然妳這麼說，那如果妳輸了，妳就穿上女僕服吧。」
「啊？怎麼突然提出這種要求？」
「怕了嗎？要是怕了，妳也可以使用武器喔。」
充滿挑釁的措辭。
席薇亞的腦中響起某種東西斷裂的聲音。
「誰怕誰啊！不管什麼我都願意穿啦！」
「——好極了。」
克勞斯從椅子站起身，微微瞇起雙眼。
「我就偶爾拿出真本事吧。」
勝負僅僅兩秒就出爐。

◇◇◇

「妳們就是新來的女僕啊！」
手扠腰站在席薇亞、葛蕾特、百合面前的，是一名不到三十歲的女性。女人的臉上，露出感覺很擅長體力活的爽朗笑容。她將一頭金色長髮紮在後腦杓，頭髮不時隨著動作像馬尾巴一樣晃來晃去。

身上的裝扮是黑色洋裝，配上醒目的白色圍裙。

她名叫奧莉維亞，似乎是女僕總管。

手裡拿著少女們遞出的履歷表。

「趁宗教學校放假時來打工啊。這個假期的時間點好奇妙喔。不過也罷，既然是政治家推薦的，我是不會懷疑妳們的身分啦。」

接著她一臉狐疑搔頭。

「呃，為什麼這位白髮女孩要瞪著女僕服看啊？」

「……沒什麼。」

席薇亞至今仍無法接受眼前的現實。

女人發給少女們的，是用來區分宅邸居住者和傭人的制服。完全是幕後工作所以低調的黑色洋裝，以及方便做家事的白色圍裙。是從中世紀起，便在上流階級的宅邸傳承至今的傳統裝扮。

「…………」

席薇亞是一名眼神銳利的短髮少女。比起惹人憐愛，她的容貌更顯得男孩子氣。由於她本身也有這樣的自覺，因此便服向來只選擇褲裝，事實上，她連平常所穿的宗教學校的制服都想扯破。

（總有一天，我一定要狠狠揍那傢伙一頓……）

女僕服對她而言是未知的領域。

◇◇◇

——時間往前回溯一星期。

出發前一天，陽炎宮的大廳裡聚集了四名少女。

「愛娘」葛蕾特　紅髮　十八歲。情報組。

「花園」百合　銀髮　十七歲。執行組。

「百鬼」席薇亞　白髮　十七歲。執行組。

「草原」莎拉　褐髮　十五歲。特殊組。

以上就是這次被找出來的少女們。

她們坐在沙發上，圍繞著克勞斯。

「此次任務的目的，是剷除被取名為『屍』的刺客。」

克勞斯站著說明。

「根據同胞以命換來的情報，目前已預測到下一位即將遭到殺害的人選是誰。而我們要臥底潛入那名人選身邊，暗中調查『屍』的身分。」

刺客。

這不是一個令人雀躍的任務。敵我互相殘殺的可能性非常濃厚。

說明到這裡，百合隨即舉手發問。

「老師，我有問題。這次的任務是在國內執行對吧？」

「是啊，怎麼了嗎？」

「雖然現在才問有點晚了，不過，老師你不時會完成國內的任務吧？為什麼負責潛入外國的間諜會在國內活動呢？」

其他少女也點頭附和。

事實上，克勞斯至今不曾清楚地跟她們說明。

「……那好，我就來幫妳們複習一遍吧。」

克勞斯一邊用拙劣的字跡在黑板上書寫，一邊說明。

「對外情報室裡有兩個課。分別是負責防諜、以在國內取締外國間諜為主的第一課，以及負責諜報、在外國執行間諜勤務的第二課。」

一般稱呼第一課為祕密警察，第二課為間諜。

「這麼說來，『燈火』的工作是屬於第二課嘍？」

「不，兩者都是。」

「兩者？」

「只要上頭要求，無論外國還是國內都得趕赴前往。承接其他團隊沒能達成的任務，使其成功——這就是『火焰』，及其後繼者『燈火』的職責。」

葛蕾特用手捂住嘴巴。

「換句話說，就是以不可能任務為中心對吧……」

不可能任務——同胞曾經失敗的任務的通稱。任務一度失敗了，難度基本上就會大幅攀升。死亡率達九成以上，成功率則不到一成。

莎拉露出疑惑的神情。

「咦？可是小妹在培育學校學到的是『不要去碰不可能任務』呀。」

「妳們可能不曉得，其實那句警語還有後續。」

克勞斯說道：

「——不要去碰不可能任務。那是『火焰』負責的領域。」

少女們不由得屏息。

為那份過於沉重的責任感到驚愕，在此同時卻也能夠理解。

間諜的世界裡——理所當然存在著無論多麼嚴苛，都必須去挑戰的任務。

死亡率九成這個數字，恐怕是指「火焰」以外的團隊挑戰的情況吧。

「雖然現在才說有點晚了，不過我們真的是繼承了好離譜的團隊呢。」

百合像是統整少女們的心情般喃喃地說。

也就是說，在嚴謹的定義下，接下來她們所要面對的並非間諜活動，但卻是情報機關負責經手的工作。屬於「影子戰爭」的範疇，也是「燈火」應該執行的任務。

「回歸正題。」

克勞斯點頭。

「葛蕾特、百合、席薇亞，我要妳們幾個去和某位人物接觸。對方是參議院的國會議員。妳們負責在宅邸內戒護，隱藏身分潛伏，把敵人揪出來。」

那位名叫烏維的議員似乎就是護衛對象。

接獲命令的少女們點頭回應。

「我和莎拉會在宅邸外支援妳們。」

莎拉以怯懦的表情點頭。

「走吧，所有人要活著回來。」

此話一出，間諜們同時起身。

◇◇◇

葛蕾特已事先調查好潛入地點。

烏維．阿佩爾——代代投身政治的阿佩爾家的現任當家。現為參議院議員，擔任厚生衛生省的副大臣，是所謂的極左派分子。儘管身為上流階級，卻嚴厲批判富裕階層這些既得利益者，努力推動改善貧困階層的生活。現在聽說正為了爭取福利相關的預算而四處奔走。

他的經歷毫無汙點。自己雖然身為議員之子，年輕時卻自願服軍役，愛國心十分強烈。如此優秀的他，看在他國眼裡，應該是很想剷除掉的政治家之一吧。遭到「屍」暗殺的，全是和他志同道合的政治家。

烏維的宅邸位在距離首都相當遠的地方，地理位置極差，孤伶伶地矗立在深山裡。必須搭乘公車一小時，再從公車站步行一小時才到得了。

宅邸的特色是，與其豪華程度相比，裡面的居住者非常少。房間數量將近三十個，然而居住者卻只有烏維本人、妻子、母親、專屬祕書和女僕總管共五人。比起居住者，其實是為了接待頻繁造訪的客人才需要數名女僕。前任女僕據說遭逢事故過世了。

一邊回想這些事，席薇亞等人在空房裡更衣。

（雖然要潛入宅邸，最好的辦法就是扮成女僕，但是……）

儘管早有覺悟，內心還是不免躊躇。

見到席薇亞僵住不動，一旁的百合揚起嘴角，露出不懷好意的笑容。

「呵呵！席薇亞，妳該不會是對圍裙、裙子感到排斥的那種人吧？妳似乎不太喜歡可愛的衣服啊啊好痛！」

「少囉嗦。下次敢再瞧不起我，小心我揍妳。」

「妳不是已經動手了嗎？」

在拳頭相向的兩人身旁，葛蕾特已動作俐落地換裝完畢。

「……不過，這座宅邸好奇特喔。」

「嗯？」

「……東西太少了。世襲議員的宅邸裝潢通常會更豪華才對。」

一如她所言，宅邸內只有會客室有裝飾畫作，客人不會經過的走廊上則是沒有任何一件華美的藝術品。牆壁上更是布滿未經修繕的裂痕。

「喔，妳好清楚喔。」席薇亞的語氣中帶著佩服。

「……其實我是政治家庭出身。」

兩人還是第一次聽說這件事。

雖然早就覺得葛蕾特氣質高雅，但沒想到竟然是政治家的女兒。

「……我猜，這個家的主人也許很不好伺候喔。」

「ＯＫ，我明白了。現在不是為了女僕服躊躇不前的時候。」

席薇亞脫掉宗教學校的制服，迅速換上女僕服。

瞧葛蕾特那副幹勁十足的模樣，自己怎麼能夠鬆懈呢。

「從現在起，我要鼓足精神，從第一天就使出渾身解數！」

她帶著無畏笑容這麼說，少女們的任務就此展開。

一天結束後，奧莉維亞目瞪口呆地站在走廊上。

「咦？這是怎麼回事……」

完全可以用驚愕兩字形容的表情。

她杏眼圓睜，僵在原地。過了好幾秒還是無法移動半步，好比銅像一般渾身僵直。不久之後，她才總算點點頭確定那是現實。

奧莉維亞笑盈盈地望向排排站在面前的三名新人。

「妳們太厲害了！居然只花了一天，就讓宅邸變得如此整潔！」

見到宅邸有了驚人改變，她高興到鼓掌歡呼。

在前任女僕意外身亡到僱用少女們的這一個月內，巨大的宅邸都是由奧莉維亞一人負責管理。光是下廚和洗衣服就讓她忙得不可開交，根本無暇打掃，結果房間因此積滿灰塵，窗簾和地毯也沾染上霉味。

如今，宅邸產生了劇變。

堆積許久的灰塵被拂去，窗簾經過清洗，地毯也用吸塵器吸得乾乾淨淨。

少女們完美地完成了女僕的工作。

「不會、不會，這沒什麼啦～」

百合難掩驕傲的表情，謙虛地說。

少女們在培育機關裡大致學會了各種家事。她們不過是挑選適合打掃部位的清潔劑，然後手腳俐落地去除汙垢而已。比起平常進行的訓練的難度，去除整座宅邸的汙垢簡直易如反掌。就算百合出了錯，也能在其他兩人的提醒下彌補回來。

「最近的年輕人真能幹啊。如果是妳們，我想應該有辦法和烏維先生交手。」

「說到這裡，好像都沒看見他呢。」

「他說今天要在地方上的旅館過夜，明天才會回來。我也不想說這種話嚇唬妳們，不過妳們要做好心理準備喔。因為他那個人脾氣有些暴躁，大概是以前當軍人留下來的習氣吧。」

和葛蕾特分析的一樣，烏維這個人似乎不好伺候。為了避免惹他不高興，最好還是小心為上，否則要是在調查「屍」之前就被開除，那就太可笑了。

少女們滿懷成就感地回到傭人房。由於宅邸內房間很多，因此少女們被安排一人一間房。

在百合的房間裡，席薇亞和她正在稍事休息時。

「——看來姑且成功潛入了。」

窗外忽然傳來說話聲。

開口應了句「可以進來喔」，克勞斯立刻就從窗戶闖進房內。

傭人房位在一樓，像他這樣的男人要入侵非常容易。

狹小的傭人房要容納三個人實在過於狹窄，不過這也是沒辦法的事。原本擔心像這樣聚在一起，說話聲會被外面的人聽見，但是幸好現在外頭沒人。

「情況怎麼樣？」克勞斯這麼問道，席薇亞聳肩回答「很好」。

「唯一的問題是，這套衣服不適合我。」

「放心吧，妳穿起來很適合。」

「……！」

席薇亞頓時整張臉發熱，但是她一發現克勞斯是在敷衍自己，隨即「呿呿呿」地揮手。

「我才不會被你騙咧。事情辦完就快點給我回去！」

克勞斯微微點頭。

「那麼，我們就開始行動吧。明天烏維先生就會回來。從確認健康狀況和交友關係開始，我要妳們在宅邸內安裝竊聽器。」

「收到。我們會把事情辦好的。」

「順道一提，我建議的方法是——」

「關於這一點，我們會再問葛蕾特。」

「……我也是會感到『寂寞』的啊。」

姑且讓克勞斯說了之後，結果他果不其然地說出「要像虔敬的僕人一般竭盡心力」這樣的話，於是兩人決定無視。

要是處處挑他毛病，話題就進行不下去了。

「老師、老師。」百合從床上坐起身子，看著克勞斯。「有生命危險的人，是那位烏維先生對吧？既然如此，何不表明我們的身分呢？這麼一來，不就可以順利地——」

「千萬不可。他雖是老奸巨猾的政治家，畢竟是外行人，情報說不定會洩露到敵人耳裡。」

席薇亞一瞬間也覺得這個點子很好，不料卻馬上遭到否定。

百合失望地「啊嗚……」一聲。

「妳們別忘了，『屍』有可能已經潛伏在這座宅邸裡了。」

聽了克勞斯的忠告，少女們渾身僵硬。

沒錯，任務已經開始了。

無論是國內還是國外都一樣。

我們是不斷欺瞞、潛藏的，「影子戰爭」的主角——

「我很忙，接下來就交給妳們了。記得要像為月亮蒙上陰影的雲朵一般行事。」

克勞斯大概是想雪恥吧，再次留下沒什麼用處的建議後，就立刻準備離開房間。他似乎不打算在此久留。

「啊，等一下啦。」席薇亞叫住他。

「什麼事？」

「你也去見見葛蕾特吧，她就在隔壁房間。」

接著百合也「啊，這個點子真棒。她一定會很開心的」地開口附和。

「…………」

克勞斯面無表情地回瞪兩人。

「……妳們是在聲援她的戀情嗎？」

「嗯？這是當然的啦，因為我們是夥伴啊。」

席薇亞和百合都已經察覺葛蕾特的愛慕之情。應該說，「燈火」所有人都知道了。畢竟她表現得那麼明顯，大家會知道也很正常。

克勞斯「這樣啊」地嘀咕。從他的語氣，無法推測出內心的情緒。

他跨過窗框之後，就沒有再聽見腳步聲。似乎去隔壁房間了。

到頭來，他還是沒有說明那個問題的用意為何。

「真是的，都不把話講清楚，就只會問自己想聽的。」

「他大概自有考量吧。」

無法揣測克勞斯的想法也不是現在才開始的事情。儘管如此，他應該不會害我們吧。少女們和他之間已經建立起這樣的信賴關係。

總之只要完成任務就好。

潛入第二天，當太陽快要下山時，庭院裡傳來老人的大罵聲。

「真是的！那個大蠢蛋！居然為了無聊的招待浪費錢！」

任務的最關鍵人物——烏維回來了。

他今年應該是五十八歲，但強而有力的怒吼聲卻讓人感覺不出年紀。

三人立刻被奧莉維亞叫出去，來到玄關前迎接主人。

他因為沒有僱用司機，所以一向都是自己開車。他把車停在宅邸旁，滿臉不悅地走到玄關。

「奧莉維亞，不用老是出來迎接！浪費，這樣太浪費了！」

外表看起來是一名充滿威嚴的男性。肩膀寬闊、背脊筆直，一副泰然自若的模樣。儘管有著和年齡相應的灰髮和刻劃在臉上的皺紋，卻給人一種難以言喻的壓迫感。

「……嗯？」

他不知為何半途一臉困惑地瞇起雙眼，在距離十公尺外的位置停下腳步。

「這幾位是前幾天經人推薦的女僕喔。」奧莉維亞笑盈盈地說。

「哼。老夫還以為是妳把妹妹帶來了，結果是一群乳臭未乾的小鬼啊。」

「我們的髮色明明完全不一樣啊。請您別嚇唬她們了。」

「……算了，也罷。總之，妳們幾個就是新來的女僕嗎？」

少女們說出虛構的假經歷，做完自我介紹。

烏維揚起下巴說：「奧莉維亞，把那個拿來。」奧莉維亞嘆了口氣，從玄關消失，之後她回來時，手裡多了一把步槍。那是全長一公尺的軍用槍。烏維神情嚴厲地接過步槍，上了膛。

這是怎麼回事？

在少女們的注視下，烏維猛地瞪大雙眼，將步槍指向她們。

「妳們是殺手嗎啊啊啊啊啊啊啊！」

突然怒吼。

席薇亞等人嚇得瞠目結舌，往後一仰，就這麼一屁股跌坐在地。

那是發自內心的殺意。實在是讓人摸不著腦袋。

這傢伙到底怎麼搞的——

烏維一臉不滿地咂嘴。

「……哼。果然沒露出馬腳啊。」

「什、什麼……？」百合驚慌失措。

「最近，和老夫親近的政治夥伴有兩人死因可疑，所以老夫早就猜到有殺手潛藏在某處，但是對方遲遲沒有露出狐狸尾巴。老夫本來想說要是妳們反抗，就要毫不猶豫開槍的。」

「您是為了要防身對吧……」

「怎麼可能。老夫只是想親自斃了對方罷了。」

他似乎是個激進的老人。

而且完全沒有要把槍口往下移的意思。要是走火了怎麼辦？

「不過，妳們身為女僕是否及格就另當別論了。」烏維倏地抬起槍口。「喂，白髮的，去做飯。老夫餓了。」

是僱用測試嗎？好強硬的命令口吻。

席薇亞聽從烏維的話，前往廚房。

途中，奧莉維亞對席薇亞露出內疚的表情，但是席薇亞笑瞇瞇地要她別放在心上。從她的反應來看，烏維似乎相當難搞。

（我已經知道這個老頭相當危險了，不過下廚這件事難不倒我。）

席薇亞並不覺得事態嚴重。

即使做不出足以迷惑克勞斯的極品，應該還是能夠讓老人接受。

至於菜色，選擇法式蔬菜燉肉肯定不會出錯。廚房裡有前一晚做好的法式清湯。只要在湯裡加入蔬菜和肉燉煮，再搭配上麵包，任誰都會吃得津津有味。

席薇亞完成料理，將菜餚送到餐廳。

烏維將步槍擱在桌旁，坐在椅子上等待。

「請趁熱品嚐。」席薇亞將法式蔬菜燉肉擺在他面前。

法式清湯的香氣瀰漫整個房間。

百合的肚子咕嚕咕嚕地叫了。

——這下一定沒問題。

少女們信心滿滿地看著烏維用餐。

他將·口料理送進口中後，將椅子往後撞飛站了起來。

「僱用廚藝只有這點程度的女僕簡直是浪費啊啊啊啊啊！」

從那天起，女僕的工作便成了地獄。

烏維這個人比預想中更加蠻橫。

如果要用一句話來形容他的脾氣——那就是徹底討厭浪費。

這一點只要看看少有奢侈品的宅邸，或許就該察覺出來了。

「那邊的銀髮！妳又把清潔劑灑得整個地板都是了！」

「喂，白髮！不要連那種不重要的地方也打掃！浪費抹布！」

「紅髮！老夫叫妳就馬上過來！不要浪費時間！」

總之他就是不停地怒吼。

只要見到有地方不合意，烏維就會馬上破口大罵。用太多清潔劑、用太多抹布、洗太多衣服、煮太多料理、用太多水——他老是絮絮叨叨地告誡女僕。如此一來，根本沒辦法好好做事。

而且，宅邸的訪客很多。

他討厭浪費的性格，以政治家來說十分優秀。

官僚和政治家經常來訪，向烏維請教預算和支出的問題。他負責的明明是福利相關的領域，訪客卻涵蓋了總務省、交通省、陸軍省。烏維會瀏覽計畫書，然後指出不必要的預算項目及業者的不合理報價。

這是件好事沒錯，可是迎送訪客、奉茶等等，這些全是女僕的工作，時時刻刻都得應付接連來訪的客人。

在這樣的情況下，首先開始出錯的是百合。

「妳這傢伙！妳究竟要打破幾次茶杯才甘心啊！」

「噫噫噫噫！對不起！」

百合本來就經常犯錯。

這種時候，其實只要席薇亞來幫忙就沒事了，可是如今連她自己也陷入苦戰。

「今天的飯菜也好難吃！究竟要老夫說幾次不要浪費食材妳才懂啊？」

「……！」

席薇亞做不出令烏維滿意的料理。

明明有和同伴一起試味道，還考慮到老人的味覺，將調味弄得清淡一些。也試過許多食材，只為避開他討厭的食物。可是，烏維始終不滿意。

到最後，烏維乾脆不碰席薇亞的料理，命令她「這個妳自己吃」，然後一臉嫌棄地只啃麵包。席薇亞因此益發感到煩躁。

這麼一來，照理說最可靠的就是葛蕾特，但是——

「妳是不是對老夫很不滿？」

她也好幾度引起烏維的反感。

「……不，我只是身體有點不舒服。」

「哼，騙人。妳一定是討厭老夫吧？」

「沒有那回……」

「快給老夫走開。妳用那種表情工作也只是浪費時間。」

葛蕾特和烏維處不來，老是被他冷淡對待。

不僅如此，葛蕾特似乎也沒法好好扮演女僕的角色，就如同烏維所說的，她臉上開始流露出不滿的情緒。

「葛蕾特，妳是怎麼了？這樣很不像妳耶。」

在其餘兩人的關切下，她左右搖頭。

「……沒事，我不能因為這點小事就叫苦。」

「嗯？什麼意思？」

「……我只要和老大以外的男性說話就會胃痛。」

「妳說什麼？」

居然在這種時候，發覺她意想不到的弱點。

總之，她們三人都各自被烏維耍得團團轉。

那天夜裡，在傭人房內——

「百合，我問妳。」

「什麼事……」

「我們是來保護那個老頭的，對吧？」

「是這樣沒錯……」

連洗澡的力氣也沒有，兩人癱倒在床上。

她們原本預定晚上要在宅邸內裝設竊聽器，卻累到完全沒有那個體力。白天為了女僕的工作忙得不可開交，到了晚上只能筋疲力竭地倒下。烏維的蠻橫太不知收斂了。

正當她們倒在床上時，有人叩叩叩地敲了窗戶。

拉開窗簾，身穿任務專用服裝的莎拉站在那裡。她一身黑色連身褲裝扮，將報童帽壓得很低。

「辛苦了！」她進到屋內。「奇怪？葛蕾特前輩呢？」

「她身體不舒服，在隔壁房間睡覺。」

「咦？她生病了嗎？」

「天曉得。不過要說生病，那也算是一種病吧。」

和老大以外的男性說太多話，身體就會發出慘叫——她臉色蒼白地這麼說。

任務剛開始時的意氣風發好像不存在似的，整個人提不起勁。

就在席薇亞擔心同伴的狀況時，莎拉拿出好大一件行李。

「小妹終於找到無人的山中小屋了！所以特地送援兵來給各位。」

「援兵？」百合高興地從床上跳起來。

那是當前她們最想要的東西。

「就是牠！」莎拉掀開蓋在行李上的罩子。

出現在眼前的，是一個金屬製的鳥籠。

從籠中感受到強烈的視線，席薇亞和百合同時往裡面窺視。

「「老鷹……？」」

籠子裡有一隻大老鷹。

體格強壯，眼神精悍。

「不管是信還是什麼，請儘管透過牠送到小妹的小屋來。如此一來，小妹就能拜託牠，將妳們所需的東西送達。」

像是要表達自己的意志般，老鷹用尖銳的嘴喙啄了籠子。

發出「鏗！」的巨大聲響。

「………」

席薇亞用手指著老鷹。

「這傢伙要一直待在我房間嗎……？」

「牠不是這傢伙。牠是巴納德先生！」

「巴納德……」

「啊，不過有幾件事情要注意喔。牠有特製的飼料，請別忘了每天要餵牠兩次。另外，請不時叫牠的名字，每天早上還要幫牠梳羽毛——」

莎拉一臉驕傲地解說。

大概是很高興可以談論自己自豪的寵物吧，她劈里啪啦地說。

斜眼看著滔滔不絕的莎拉，席薇亞打開籠子，讓老鷹停在袖子上，走向窗戶——

「煩死了！」

使勁將老鷹往外一扔。

「巴納德先生——！」

莎拉放聲慘叫。

巴納德雖然受到了殘忍的虐待，不過畢竟是鳥，牠立刻就在空中展翅，朝漆黑的夜空飛去。

假使說明無誤，那麼牠應該會回去莎拉找到的小屋。

見到莎拉神情沉痛地目送老鷹，席薇亞說道：

「呃，我們姑且正在臥底嘛，帶寵物來工作的女僕未免太可疑了。」

要是叫聲傳到房間外，立刻就會被發現。

「啊……小妹倒是沒想到這一點。」

「沒有無線電嗎？我們的工作經常需要碰水，所以得防水才行。還有，最好是能夠藏在衣服裡的小型機種。」

「如、如果是安妮特前輩就有辦法提供那種東西，不過現在……」

安妮特——特殊班的灰桃髮少女。機器方面的問題交給她是最好的。

可是，她人並不在這裡。莎拉一臉內疚地低下頭。

「啊，抱歉。我並不是在責怪妳……」

席薇亞連忙搖手。

她只是將心裡所想的陳述出來，卻因為現在這個狀況，聽起來好像在責難對方一樣。莎拉雖然也立刻就察覺這一點，表情卻依舊消沉。

三人同時「「「唉……」」」地重重嘆息。

「工作都忙不過來了，根本沒力氣去執行任務嘛。」

百合神情陰鬱地說。

「果、果然還是應該選其他人比較好……」莎拉露出泫然欲泣的表情。「如果是莫妮卡前輩或緹雅前輩，她們一定能做得更好……」

「……！」

聽見其他同伴的名字，席薇亞用力咬住嘴唇。

莎拉應該是對自己說的這番話，也刺痛了席薇亞的心。

這時，走廊上傳來某人咚咚咚地跑過來的腳步聲。莎拉急忙鑽進床底下後，就見到奧莉維亞打開房門。

「怎麼了？剛才我好像聽見有人尖叫？」

她好像聽見莎拉剛才的慘叫聲了。

席薇亞搔著頭回答。

「啊，女僕總管，不好意思，因為有蟲子跑出來，害我嚇了一跳。」

「真是的！不過是隻蟲子而已，有什麼好大驚小怪的？」

奧莉維亞鼓起臉頰。

席薇亞觀察她的模樣。本來還以為她早就換上睡衣了，結果她卻還穿著女僕服。看來她好像還在處理工作的事。

「女僕總管，妳正在檢查門窗有沒有鎖好嗎？要不要我來代勞？」

「是啊。不過沒關係，這件事不好交給新人來做。」

奧莉維亞客氣地靦腆一笑。

見到她整個人鬆懈下來——

「蟲又出現了！」席薇亞大喊。

「呀！」

奧莉維亞撲到席薇亞身上。

發出不成體統的驚叫聲。

看樣子她很怕蟲。兩腳慌張地動來動去好一會兒後，發現到處都沒有蟲影的她，大大地吐了口氣。

「我、我要去睡了！真是的！妳們幾個安靜一點啦！」

之後她就紅著臉，離開房間。為了蟲驚慌失措似乎讓她感到很丟臉。

百合和從床底出來的莎拉，一臉不解地看著席薇亞。

為什麼要故意嚇奧莉維亞呢？

答案就是席薇亞手中高舉的東西。

「鑰匙……？」百合狐疑地問。

「——我偷過來了。」

既然奧莉維亞正在檢查門窗，身上自然會有鑰匙。

於是席薇亞偷了過來。

席薇亞從自己帶來的行李袋中，取出一本書。書裡面被挖空。雖然那個空洞裡也保管了手槍，不過席薇亞的目的並非那個，而是黏土。她將鑰匙壓進黏土中取型，很快就做好鑰匙的複製品。接下來，只要將真品偷偷還回去就好。

「啊～我看接下來就別再磨蹭，用最簡單的方式進行吧。總之，只要讓那個老頭乖乖聽話就好對吧？既然這樣，只要快點找出他的弱點就行了。」

儘管強硬，卻是最簡潔的做法。

既然事情進行得不順利，這麼做也無可奈何。

「我要偷偷潛入，一次做個了結。」

席薇亞以凜然的眼神，吐舌說道。

◇◇◇

隔天晚上，席薇亞展開行動。

為避免被人發現，她摸黑移動，來到書房前。

用複製好的鑰匙輕易地打開門。

書房裡，堆滿了幾乎要淹沒整個房間的文件。由於只有聘請一名祕書，所以收拾得不太整齊。擺不進書架的書堆疊在地板上，連站的地方都沒有。

（只要全部搜過一遍，應該就能找出一兩個弱點。）

她銜著筆型手電筒，迅速翻閱與金錢、健康相關的文件。即使本人無意逃稅、收取違法獻金，也說不定會有疏漏。又或者假使他有健康方面的問題，也能以此作為要脅。

席薇亞很快就找到顯示烏維最近接受過健康檢查的信，但是卻找不到最重要的結果通知書。不知是尚未寄來，還是已經扔掉了，只能看出他是在哪間醫院接受檢查。

她一一攤開文件翻閱，忽然間注意到某個熟悉的詞彙。

——孤兒院。

書脊上寫著這樣的詞。

她把任務擺在一旁，打開文件。

那似乎並非公家資料，而是烏維個人彙整出來的報告書。從裡面的照片來看，大概是世界大戰結束之後吧。檔案裡的孩子們個個骨瘦如柴，內容敘述了悲慘的缺糧情況。戰後不久，在沒有蔬菜和肉、領不到配給的情況下，烏維似乎將食物分送給了孤兒。對了，回想起來，席薇亞的妹妹們所在的孤兒院也——

「妳在那裡做什麼！」

背後傳來怒吼聲。

（糟了……）

席薇亞疏於警戒。

自覺失態的她轉過身，見到氣得面紅耳赤的烏維站在那裡。他敲打似的按下照明開關，在白熾燈泡徐徐照亮房間的同時，烏維用手貼著牆，以謹慎的步伐沿著牆壁移動。

牆邊擺了一把步槍。

他一拿起步槍，便毫不猶豫地舉起，將槍口對準席薇亞。

「妳果然是殺手對吧！」

「不，不是的！」

席薇亞舉起雙手，表示自己不會抵抗。

「話說，我一直覺得奇怪，你怎麼會認為像我這麼可愛的女僕是殺手呢？」

「妳的眼神分明就是罪大惡極之人的眼神！」

「這話會不會太過分了？」

一邊反駁，席薇亞一邊思考什麼樣的謊言才能擺脫困境。

要是就這麼被趕出宅邸，任務極有可能會失敗。

可是，席薇亞還沒說話，烏維就先用狐疑的語氣開口了。

「嗯？妳對那份資料感興趣嗎？」

在他視線前方的，是席薇亞手中的報告書。

席薇亞碰巧拿著報告書，舉起了雙手。

「……嗯，是啊。」她這麼應和。

「為什麼？」

「這個嘛，算是學習——」

「算了……還是不問了。」

說完，烏維放下步槍。原本漲紅的臉也恢復原樣。

「那只是普通的資料，妳要看就看吧。」

「啊……？」

明明什麼藉口都還沒說。

就輕易獲得了原諒。

「老大到處去拜訪孤兒院時，曾經聽說過這麼一件事。」

無視席薇亞的疑惑，烏維逕自坐在椅子上說起來。

「大概是八年前吧。那時，黑幫趁著戰後局勢混亂橫行崛起。像是詐領戰傷津貼，還有看準家中主人去世、乘機殺價收購不動產之類的，現在雖也一樣混亂，不過當時的情形更加嚴重。」

烏維緩緩道來。

由於他聲音沙啞，聽起來就像在講故事一樣。

「其中一個名叫『食人族』的幫派特別惡毒，在首都裡無惡不作，甚至把殺人當成遊戲一般。尤其那個首領會消失喔，就像幽靈一樣從人的意識中消失不見，然後單方面地將刀插入心臟，殺死對方。那個男人震撼了警察和市民，簡直就是惡魔的後裔。」

「…………」

「可是，後來首領遭到逮捕，『食人族』也隨之瓦解。妳知道為什麼嗎？」

「…………不知道。」

「那個首領的長女向警察密告。」

烏維一臉自豪地說。

「很了不起吧？一個九歲的少女為了保護弟妹，貫徹了正義。」

「…………」

「不過少女的弟妹被平安送進孤兒院後沒多久，長女就為了賺錢失蹤了。真是個勇敢的女孩。據傳，她在首都的偵探手下工作，也有人說她謊報年齡在紡織工廠上班，雖然消息未被證實……仍舊成了一樁美談。」

語畢，烏維大大吐了一口氣。

席薇亞聳聳肩。

「你為什麼要特地告訴我那種傳聞？」

「因為老夫想起那名長女，是個神情凜然的白髮少女，現在年紀應該剛好跟妳差不多。我記得她的名字是——」

烏維說出那個名字。

彷彿反映出父母的思想般，低俗的詞語。

「……我不是那個人。」

「哼，老夫不打算深究。」

烏維悵然若失地用鼻子哼氣。他接過席薇亞遞來的報告書，放在燈泡底下瀏覽，舔了舔極度乾燥的嘴唇。

「只不過，妳應該曉得吧？戰後的孤兒院環境有多惡劣。政府只能從大陸購得最低限度的糧食，根本沒有多餘的量可以分給福利機構。老夫為此四處奔走，但是政府卻只以經濟政策和開發國土為優先。」

「是啊，我知道……」

「狀況至今依舊沒有多大改善。不管老夫再怎麼怒吼，撥給福利的預算還是只占了極小部分。」

烏維壓低音量。

「──因此，老夫堅決不浪費，即使只攢下一點點也要把錢捐出去。」

「…………」

那似乎就是烏維過剩的節約意識的根源。

即使只是求個心安，也要從日常的節約中找出多餘的錢捐獻出去。考慮到身為副大臣的他本來可以過著優渥的生活，這樣的精神實在高潔。

那股衝動，席薇亞也能夠深切體會。

「所以你才會要求女僕也節省啊……」

席薇亞誤會他了。原來他並非只是一名個性蠻橫的老人。

「我知道了啦。從明天開始，我也會盡可能不浪費──」

「——不用了，老夫想告訴妳的不是這件事。」

「嗯？」

「老夫的意思是，今晚妳想怎麼看資料都可以，老夫也不會追究妳擅闖書房的事情。」

果然還是搞不懂他在想什麼。

正當席薇亞感到困惑時，烏維接著說：

「——妳們幾個就做到明天吧。」

「什麼？」

席薇亞錯愕驚呼。

原以為他是在開玩笑，豈料烏維的表情十分認真。

「老夫本來是為了給熟稔的政治家面子才僱用妳們，不過想想還是應該省下不必要的浪費才對。這個家不需要三名女僕，妳們明天中午過後就給老夫離開。」

呼吸停止。

萬萬沒想到他已經做出這樣的決定。

假使全員都遭到開除，這樣根本無法達成任務。

「等、等一下，沒有我們，宅邸會越來越髒亂耶。」

「只要會客室乾淨就夠了。奧莉維亞一人就應付得來。」

「呃，可是這樣未免太極端——」
「老夫剛才已經說過，必須省下不必要的浪費。就算再小的事情也一樣。」
烏維的意志十分堅定。
從他的眼中，可以感受到光憑言語無法撼動的強韌。
雖然不甘心，此時此刻好像也只能放棄說服他。
「……那麼，我想請教你一個問題。」
席薇亞問道：
「徹底討厭浪費的你，為什麼不把這麼豪華的房子賣掉呢？」
烏維似乎把這個問題當成了挖苦，只見他眉心擠出皺紋。
「這棟房子地處偏遠，本來就值不了多少錢。」
「另一個原因是為了防範殺手嗎？」
敵人沒辦法混在普通人之中闖進來，這對於間諜來說相當棘手。
烏維篤定地點頭。
「……老夫還不能死。這個國家的福利還需要老夫的存在。」
席薇亞揚起嘴角。
「這樣啊。既然如此，我就還不能被開除了。」

自顧自地拋下這句話後，席薇亞就轉身背對烏維，衝出書房。
時限只剩下不到十二小時。
必須在那之前找出避免被開除的方法。
席薇亞終於明白克勞斯指名自己的理由了。
肯定沒錯。對席薇亞而言——保護烏維是有意義的。

◇◇◇

百合和葛蕾特正在傭人房裡和老鷹玩。
見到老鷹一臉精悍地啄食生肉，她們不由得發出歡呼。
莎拉又把老鷹帶來了。雖然上次被席薇亞趕了出去，但是親人的動物著實療癒了少女們疲憊不堪的心靈。
一旁，莎拉正在「這孩子喜歡的東西是……」地解說。
少女們原本預定要開作戰會議，可是席薇亞還沒回來，於是就趁著等她回來的空檔幫老鷹梳羽毛。
不一會兒，走廊上傳來腳步聲。

房門開啟，席薇亞緊抿著雙唇現身。不知是後悔還是下定決心，乍看很難分辨她的情緒。
「怎麼了？有順利竊取到好情報——」
「沒有，我被烏維先生發現了。」
席薇亞搖頭否定百合的問題。
席薇亞以外的少女們「啊」了一聲，立刻察覺到發生了什麼事，三人同時低下頭。
「「「……工作辛苦了。」」」
「我還沒有被開除啦！」
少女們原以為席薇亞一定已遭到解僱，然而事情好像不是這樣。
可是，當席薇亞說出事情的來龍去脈後，卻發現結果其實也差不多。因為最壞時，不只是席薇亞，三人都會一併遭到開除。
「這下糟了啊！」莎拉發出哀號。
點頭同意這句話，席薇亞壓低語調說：
「所以，我想跟妳們說一下我的身世。」
「嗯？在這種時候？」百合滿臉不解。
「別管那麼多，妳們聽就是了。其實，我以前曾經和弟妹一起住過孤兒院。因為那間孤兒院實在窮到不行，讓我很火大，於是我就立志要當間諜了。我想要盡己所能去改變這樣的世界，而這一點和烏維先生的志向很相近。」

席薇亞露出自嘲般的笑容。

「所以，我現在非常開心。原來那傢伙……老師有考慮到我的想法啊。」

她一度低下頭，而當她再度仰起臉時，席薇亞的眼中蘊藏著光芒。

「我想要回應老師的期待，也想保護烏維先生。拜託妳們，請妳們協助我。」

她的語氣一如往常地凜然且強而有力。

其他少女們一時無法理解席薇亞的那份熱忱。儘管可以想像她曾經經歷過什麼，但是席薇亞似乎不打算說明詳情，她們也就不去追究。

只要能夠感受到那份火焰般熾熱的意志，這樣就夠了。

百合「哎呀，說什麼協助嘛，這本來就是任務啊」地輕鬆帶過，席薇亞聽了，羞赧地笑答「是這樣沒錯啦」。

「那、那個。」

這時，莎拉一副提心吊膽地舉手發言。

「小妹也能夠理解席薇亞前輩的心情。小妹既膽小又沒用，直到現在還是覺得或許應該由其他同伴出馬才對。」她頓了一下又接著說：「可是，知道自己被選中時，小妹真的超級開心！」

這番告白大概令她感到難為情吧，莎拉整張臉紅通通的。

百合「哈！」地泛起耀武揚威的笑容。
「妳們兩個很單純耶～我早就知道自己一定會入選了。因為用常識來思考，我這個隊長當然不可能會被排除在如此重要的任務之外呀。」
「小妹有聽見百合前輩的房裡，傳來『太棒了！』的歡呼聲。」
「出現這樣的證詞嘍。」
面對席薇亞的追問，百合的表情頓時僵硬。
「……沒、沒有啦，其實我每天都會那樣大喊。」
「那是哪門子的習慣啊。」
看著那樣的同伴，葛蕾特忍不住噴笑。
席薇亞問「怎麼了？」，結果她滿臉欣喜地回答：
「……沒什麼，我只是在想，老大一定是看穿了大家的心思才會指定我們……」
「妳又重新愛上他了？」
「呃，跟我料想的一樣……一樣有魅力……」
葛蕾特的話中洋溢著濃濃愛意。
「……然後，我也一樣想回應老大的期待。」
「我想也是。」

四人同時頭碰頭。

她們緊緊圍成一圈，開始小聲地討論。

「所以，要怎麼避免被開除？」百合面露大膽的笑容說：「要威脅他嗎？」

「妳們有什麼點子？」

「……我應該會變裝成奧莉維亞小姐，誘導他繼續僱用我們吧……」

「比方說對烏維先生下毒，然後帥氣地登場救他，藉此提昇好感度？」

「如果是小妹，會先跟烏維先生以外的人交涉。」

對於席薇亞的提問，其他少女紛紛說出自己的想法。

葛蕾特的縝密計畫、百合的姑息計畫、莎拉的謹慎計畫。

席薇亞露出潔白皓齒。

「我想讓他品嚐美味料理，認同我們是合格的女僕。」

「唔哇，完全靠蠻力幹活。」百合鼓掌。「不過，很好啊，很像是妳的作風。」

在場沒有人提出反對意見。

四名少女頭靠著頭，嘴角浮現笑意。

「好了，沒想到大家都同意靠料理雪恥。既然這次又多了一位足智多謀的大將——」

「……Yeah。」

「咦？突然間怎麼回事？」

「……我只是想配合席薇亞小姐妳們的高亢情緒……Yeah一下……」

「不用那麼勉強喔。」

「小、小妹也要Yeah！」

「我們平常的行為有這麼蠢嗎？」

一陣傻氣的對話之後，席薇亞宣告：

「既然被交付了任務，我們四人就抬頭挺胸拚了吧！」

全員重重地互撞額頭。

◇◇◇

少女們分成了兩組。

隔天早上，葛蕾特和百合站在宅邸的廚房裡。她們將一早買來的食材擺在面前，交抱雙臂。

「話說，現在這個狀況有辦法只靠做出美味料理突破嗎？」

百合說出遲來的疑問。

「這一點就相信席薇亞小姐吧……」

葛蕾特將色彩繽紛的辛香料擺在料理台上。有辣椒、胡椒、粉紅胡椒、小荳蔻、薑等眾多種類。

「我們要開始進行料理的事前準備了……百合小姐。」

「是！試吃的工作就交給我吧！」

百合信心滿滿地說。她有著上次對克勞斯設圈套時，將試作品全部掃光的實績。她原本以為，自己會因此被賦予試吃的任務，但是——

「……等等，為什麼是百合小姐來試吃？」

葛蕾特制止了她。

「咦？」

「依照食譜上的做法，秤量食材、搗碎、加熱、攪拌、燉煮——不管怎麼想，這些都是擅長調配毒藥的百合小姐比較拿手……」

「…………」

「妳難道沒有發現嗎？莫非妳上次也被食慾沖昏了頭——」

「剛才那番話千萬不要告訴席薇亞！」

百合如此強烈要求之後，便開始著手處理辛香料。她仔細地將辛香料磨碎，去除香氣不足的部分，再藉由拌炒讓香氣散發出來。由於這是她擅長的領域，處理手法毫不拖泥帶水。她的用毒方式雖然令人有些不安，不過調配這件事情本身倒是做得很完美。
葛蕾特滿意地點頭。
「……本來處理這些辛香料需要花上兩小時，不過我們就用一半的時間完成吧。」
「我、我辦不到啦！」
「放心，我會負責下指示，成功的可能性很高……」
葛蕾特不理會對方的哀號，開始進行精密的計算。
只要交給她，以秒為單位預測同伴的行動簡直輕而易舉。

◇◇◇

席薇亞和莎拉則是前往首都近郊。
兩人乘坐借來的機車，奔馳在平整的道路上，因為要是拖拖拉拉地就會來不及。所幸，迪恩共和國雖然是個小國家，首都周邊仍有進行道路的鋪設工程，高速公路一直延伸到了附近。
兩人來到的地方是一間大型設施，迪恩共和國的代表性國營醫院。廣大的腹地裡，五層樓的石造建築宛如城堡般聳立。
在一無所知的情況下被帶來這裡的莎拉瞪大眼睛。

「咦？目的地是這裡？」

「沒錯，烏維先生好像就是在這裡接受健康檢查。」席薇亞脫掉安全帽。「我在宅邸裡到處都找不到結果通知書，所以只好來拜訪這家醫院了。」

「妳要請醫院重新開立診斷書是嗎？」

「唔，這麼做可能沒辦法。因為需要代理人的證明，而且時間也不夠。」

兩人的目的是取得烏維的健康診斷書。

席薇亞認為，這是說服他不可或缺的要素。可是，用普通辦法是拿不到手的。

見到莎拉一臉困惑，席薇亞露出無畏的笑容說道：

「所以——我要從這裡偷走。」

「這裡是國營醫院耶！」莎拉臉部抽搐。

「噓！妳太大聲了。」

「可、可是，這裡一定戒備森嚴啊！而且還有很多員工……」

「沒關係、沒關係，地方大才更容易潛進去。只要偷走更衣室的鑰匙，從置物櫃偷走護士服、假扮成護士，再從文件櫃中找出診斷書偷看結果就好。小事一樁啦。」

她笑瞇瞇地搖手。

「我一打信號，妳就讓巴納德從窗戶飛進去。只要稍微引起騷動，我就能乘機完事。」

席薇亞做起柔軟操，準備行動。

「…………」

莎拉啞口無言。

但是，不一會兒她就放棄似的「真是的，真拿前輩沒辦法」地嘆道。

她的表情雖然傻眼，卻也感覺樂在其中。

她用手指吹響哨音，一隻老鷹旋即從空中飛落，停在莎拉旁邊。

「除了時間點，也可以指定闖入的路徑喔。」

「那真是太好了。」

說出要求、做好準備之後，席薇亞語氣凜然地宣告。

「代號『百鬼』——掠奪攻擊的時間到啦。」

就這樣，她進入了醫院。

莎拉因為在外面待命，所以沒能目睹醫院內的情況。

再加上，她並不知道席薇亞的出身。不知道她是如何磨練自己高超的驚人技術，更重要的是，不知道她是從多麼邪惡的人身上繼承才能。

莎拉只知道一件事。

那就是，擁有「百鬼」這個名號的席薇亞——是一名竊盜天才。

◇◇◇

當天中午，料理完成了。

百合依照葛蕾特的指示做出來的料理，是和她因緣匪淺的高麗菜捲。高麗菜捲裡使用了肝臟等內臟來取代豬肉。而為了消除內臟的強烈腥味，她們沒有搭配白醬，而是做成加入大量辛香料的異國風湯品。

百合也試過味道，這道菜無疑非常美味。光是喝一口湯，整個鼻腔便充斥著香料的氣味。無可挑剔的極品。

可是，唯一的問題是——最關鍵的席薇亞還沒有回來。

（……沒辦法再等下去了。）

百合下此判斷，將做好的高麗菜捲端上桌。料理的品質沒有問題，想必沒有人吃了這道菜會感到不滿。

可是，烏維在餐廳裡說出來的感想卻大出所料。

「好難吃！」

「咦……？」

「雖然比昨天好一點，但還是教人難以下嚥！妳自己吃！」

烏維皺著一張臉，把裝著高麗菜捲的盤子推了回來。他手裡只拿著搭配用的麵包，而且同樣一副勉為其難地送進口中。他似乎打算只吃那個打發一餐。

百合滿臉錯愕，舔了舔被扔在一旁的高麗菜捲的醬汁，結果味道果然沒有問題。看來唯一的可能性，就是這名老人的喜好不同於常人了。

烏維雙手抱胸，粗聲粗氣地說：

「哼。不過算了，反正妳們已經全部都被開——」

「——不，這道料理應該很美味才對。」

百合轉過身，見到席薇亞氣喘吁吁地站在那裡。她似乎用盡全力趕了回來。

她大步走向坐在餐廳裡的烏維。

「烏維先生，我勸你別再任性，把這個吃掉比較好喔。」

「妳怎麼突然……」

「我在醫院看過你的血液檢查報告了。你的紅血球數大幅低於標準值，這是缺乏維生素所引起的症狀。」

席薇亞說道：

「你應該有隱約察覺吧？你罹患了味覺障礙。」

「……！說什麼蠢話！」

烏維怒吼。他漲紅著臉，破口大罵。

「誰准妳隨便亂說的！老夫才沒有什麼味覺障礙——」

「任何人吃了都覺得美味的料理，只有你一個人說『難吃』。這樣顯然很可疑啊。」

席薇亞瞪著他，繼續說下去：

「世界大戰結束後，你竭盡所能地努力節省。就像昨天那份資料裡的照片一樣，戰後不久你就親自到孤兒院去分送食物，只為了讓領不到配給的孩子也能飽餐一頓。這樣的行為雖然值得尊敬，但是會不會做得太過火了？」

席薇亞傻眼地瞇起眼睛。

「你連自己的食物也捐出去了對吧？」

「哼，那有什麼不對？」

「當然不對啊。你就是因為沒有攝取需要的營養，才會罹患味覺障礙。再加上你又偏食，結果導致症狀益發惡化，惡化到無法正常感受味道的地步。」

百合回想烏維的飲食生活。他向來只一副勉為其難地啃麵包，營養根本不可能均衡。

「百合，妳告訴我。烏維先生對於剛才的料理作何評價？」

「他說『比昨天好一點』。」

「果然沒錯。因為一旦喪失味覺，就會變得喜歡加了很多辛香料的重口味料理。」

席薇亞露出耀武揚威的笑容。

「烏維先生，照你現在的營養狀態，不必等殺手來，你也很快就會沒命了。」

「…………」

「僱用我們吧。我們不會再讓你說什麼『浪費』，會每天做營養的食物給你吃、讓你恢復味覺，然後，這次一定會讓你品嚐到真正美味的料理。」

席薇亞的口氣儘管粗魯，卻隱約混雜了一絲溫柔。

——想讓他品嚐美味料理。

那番宣言的意思原來不是要做出極品佳餚，而是要讓他恢復正常的味覺。

很像是她憑蠻力做事的作風。既然對方說料理難吃——就讓他的味覺能夠感受到美味。

至少，這是百合所沒有的發想。

烏維緊閉雙唇，像是在咀嚼席薇亞的話。之後，他再次從百合手中拿回裝了高麗菜捲的盤子，用湯匙將醬汁送入口中，結果皺起了臉。看來他果然感覺不出味道。

「……妳說得很有道理。」

烏維嘆息似的說：

「老夫當然察覺到了啊。果然如此……是味覺障礙啊……」

「既然已經察覺到了，你為什麼不直接說出來呢？」

「不想承認自己老了……老化也是其中一個因素吧？」

「恐怕是如此。」

「居然還顧慮老夫的心情。妳既然知道，乾脆直說不就得了？」

烏維揚起嘴角。

露出少女們初次見到的沉穩笑容。

「但是啊，席薇亞……儘管如此，老夫還是必須省下不必要的浪費。」

烏維接著說：

「不只是孤兒院，這個國家裡，有許多人一天只能用一個麵包果腹。在這樣的情況下，負責國家福利事務的老夫要是僱用四名傭人，世人會作何感想？」

「……你真是一位高潔的政治家啊。」

席薇亞微微地聳了聳肩。

「不然這樣吧，你開除一人就好，這樣工作還勉強應付得來。」

如此一來，雙方應該可以達成妥協。

烏維有身為政治家的信念，少女們也有身為間諜的使命。

對於席薇亞的提議，烏維緩慢而深沉地頷首。

於是，在席薇亞的努力之下，兩名少女免於遭到解僱。

臥底任務則會在少了一人後照舊進行。

◇◇◇

從宅邸徒步走了一小時，終於抵達小鎮。

席薇亞輕嘆一口氣，前往指定的場所。

位於小鎮一隅的香菸店是會面地點。那是一家骯髒小屋般的商店。除了吧檯裡的店員外，只要有一人進入，整家店就塞滿了。店裡雖然有窗戶，卻被擺滿的香菸和果汁瓶堵住，看不見店內的樣子。

克勞斯坐在吧檯座位上。

用報紙遮住了半張臉。儘管是國內，他依舊沒有疏於警戒。

坦白說，他現在到底在哪裡做些什麼，席薇亞等人並不清楚。不過應該是在某處進行諜報活動吧。

「葛蕾特向我報告了。」克勞斯開口：「聽說妳表現得非常活躍，她很誇獎妳呢。」

「那真是多謝了。」

席薇亞左右搖頭。

「可是，我還是被解僱了。抱歉啊。」

能夠繼續女僕工作的，只有葛蕾特和百合。在必須有一人遭到開除的情況下，席薇亞自告奮勇離開。烏維雖然對此好像很不滿意，最後還是尊重席薇亞的意願。

「這樣啊。不過，妳籠絡烏維先生的手段非常高明。」

「……這個嘛，其實那也不完全是我的功勞啦。」

「是這樣嗎？」

「這都要多虧你給的線索。」

見到克勞斯複述線索兩字，席薇亞點頭回應。

「我一直覺得奇怪，我明明重現了你做過的高麗菜捲，可是經過你稍微調整的高麗菜捲卻好吃太多了。」

失敗之後，席薇亞仍不斷思考其中的原因。

既然做法相同、調味料的分量也相同，那麼究竟是差在哪裡呢？

她想出了好幾種假設。

「你記得你在將高麗菜捲裝盤時，做了什麼嗎？」

「沒什麼印象。」

「你將料理分裝在八個盤子中之後，又加入了調味料。」

席薇亞看得一清二楚。

如果只是要改變整體的味道，只要在醬汁中加調味料就好。可是，克勞斯卻是一盤、一盤地依序撒上調味料。

「你考慮到對方的營養狀態，調整醋和辛香料的用量——我是這麼推測的。」

當然，這純屬假設。

克勞斯是無意識做出那樣的舉動，所以真相不得而知。也許他只是依照對方的口味喜好調整而已。

可是莎拉說過——那個味道簡直讓人全身都充滿了喜悅。

料理應該要同時顧及品嚐者的健康。這個想法殘留在席薇亞腦中。

「不過嘛，說得再天花亂墜，我終究還是被開除了。光憑避免三人都遭到解僱這一點，你就給我及格分數吧。」

「…………」

克勞斯有好一會兒都不發一語。從他的表情看不出任何情緒。

我要被責罵了嗎？

還是說，我讓他失望了？

這是第一次沒有達成他所交付的任務。

不曉得他會作何反應，席薇亞全身不禁僵硬起來。

「關於我明明誇下海口，結果卻徹底失敗這件事，我向你道歉。」席薇亞往前探身。「不過，從現在起我會挽回局面。我會努力支援，讓任務成功。」

「不。」克勞斯開口：「莫名其妙。」

「！」

讓人感受不出一絲情感的冷淡話語。

他繼續用那樣的口吻說下去：

「支援有莎拉就夠了。況且宅邸外也還有我在，不需要更多人手。」

「怎麼這樣……」

整個人震驚到沒了血色。

沒想到自己會被如此強硬地拒絕。

「……我知道自己這樣很難看。」

席薇亞探出身子。

「但是拜託你，請再給我一次機會。這次我一定會——」

「是時候問妳一個問題了。」

克勞斯蹺起二郎腿。

「——我該陪妳玩這場遊戲到什麼時候？」

「嗯？」席薇亞口中發出疑惑的聲音。

克勞斯以比平時客氣的語氣，指出她的錯誤。

「妳好像誤會了。」

克勞斯瞇起雙眼，對席薇亞投以溫柔的目光。

「我怎麼可能拋棄優秀的部下呢。挽回？簡直莫名其妙，妳沒有犯任何錯誤。努力支援？不需要，妳應該要待在前線才對。」

克勞斯說道：

「好極了——這就是我給妳的評價。」

「咦……」

好像被誇獎了。

可是，比起高興，無法理解的情緒率先湧了出來。

「等等，我不是說了嗎？我被開除了，已經無法回到宅邸——」

「妳回得去。不僅如此，妳還要賣人情給烏維先生。」

「啥？賣人情？」

「缺乏維生素引起的味覺障礙——烏維先生只有這點不正常嗎？」

席薇亞一頭霧水。難道還有別的？

急躁、粗暴——克勞斯應該不是在說性格方面的問題。

這麼說來，初次和席薇亞等人見面時，烏維確實說了奇怪的話。他在傍晚的玄關前，把髮色完全不同的少女們當成是奧莉維亞的妹妹。晚上在書房遇見席薇亞時，則是一副舉步維艱地直到電燈點亮。

答案很快就揭曉。

「……難道，是夜盲症？」

「可能有那樣的徵兆。」

光線一變暗，視力就極度下滑的疾病——夜盲症。

也就是俗稱的雀蒙眼。是維生素攝取不足所引發的疾病之一。

味覺障礙造成偏食，結果又因此罹患其他疾病。如果是在明亮的房間裡檢查視力，連醫生也不會察覺。

克勞斯僅憑傳聞就發現了嗎？

不，應該不可能。他似乎有利用某種方法觀察宅邸。

「烏維先生平常從宅邸到議會好像都是自己開車，不過他最好別再那麼做了。在這種狀況下，他應該不會說僱用司機是『浪費』。」

克勞斯輕描淡寫地說。

「快回宅邸去吧。這個團隊不能沒有妳的憨直。」

然後，他從一旁的架子取出果汁瓶，用桌角打開瓶蓋，遞給席薇亞。那是色澤清爽的碳酸飲料，似乎是給她的小小慰勞品。

看著那份小禮物，席薇亞的嘴角泛起微笑。

一直都在關注著。

儘管絕對不會明白地表現在態度上，但他其實非常認同少女們的努力。

「你果然很厲害。真不愧是我尊敬的上司。」

——所以，我很高興被你選中。

將後半句話吞回去，席薇亞接過碳酸飲料。

以輕鬆的口吻「謝啦，我會加倍奉還這份恩情的」地笑道。

克勞斯瞇起雙眼。

兩小時後，席薇亞以司機兼女僕的身分再次受到僱用。

◇◇◇

一轉眼，兩星期過去了——

諜報活動進行得十分順利。

「妳開車技術很差耶！妳就不能開穩一點嗎？」

「少囉嗦！一直嘰嘰喳喳的，你小心咬到舌頭！」

烏維和席薇亞一邊唇槍舌戰，一邊返回宅邸。

他們之間的應對比起主人和女僕，已經親近得像是傲慢孫女和頑固祖父了，但是烏維對禮儀毫不在乎。對他來說，在乎那些似乎也屬於「浪費」的範疇。

「話說，今天跟你說話的那個人是誰？他居然用一副很新奇的目光看著我。」

「他是老夫認識很久的老朋友，妳不需要對他抱持戒心。」

「那就好。」

「妳不要老是有事沒事就生氣。看到司機這麼年輕，人家當然會好奇啦。」

「你很沒禮貌耶，我明明就有駕照…………不過是自己做的。」

「嗯？妳最後說了什麼？」

由於席薇亞接下了司機的工作，烏維的身家調查因此進展順利。席薇亞經常要陪同他外出，所以能夠時時就近監視。

再加上烏維的態度軟化，少女們因此有餘力進行間諜活動。

不只是宅邸內的居住者，只要發現有人頻繁出入，她們便會進行身家調查。少女們會竊聽廁所或會客室內的對話，並且視情況安裝發訊器，讓人在屋外的莎拉去跟蹤。

諜報活動開始有所進展。

「可是，今天一整天下來，還是沒有發現任何可疑人物耶。」

席薇亞小聲地對正在準備宵夜的百合說。

她則是「宅邸也沒有異常。不過和平總是件好事嘛～」一派悠哉地回應。

說得也是——席薇亞表示同意。

起初，席薇亞曾經為了假扮女僕一事感到氣憤，然而如今，她卻深深感受到這份工作的價值。烏維是努力想要實現理想、性情耿直的政治家，儘管有時採取的手段過於強硬，但那全都是為了改善兒童的福利。

以女僕身分潛入的這段期間，席薇亞非常願意協助他從事政治活動。

所以，她希望刺客不要來。

希望這種和平的日子能夠長久持續下去。

——可是，她也早就知道這個世界沒有那麼好過。

尖叫聲。

聲音是從院子的方向傳來。女性。不是葛蕾特。聲音聽起來比較年長。應該是奧莉維亞。

席薇亞和百合同時衝了出去。

在此同時，樓上也傳來巨大的腳步聲。

「奧莉維亞啊啊啊！發生什麼事了？」

是烏維。他抱著自豪的步槍，穿著睡衣跑過來。

雖然希望他不要任意行動，不過護衛對象就在身邊這一點也算是幫了大忙。席薇亞和百合若無其事地將烏維夾在中間，前往庭院。

院子裡，奧莉維亞一屁股跌坐在地上。

她一臉鐵青，用手指著空中。

「那、那是……」奧莉維亞的聲音顫抖。「子彈從那邊射過來……」

席薇亞反射性地望向該處。

在那裡的，是聳立在宅邸周圍的高大樹木。

樹頂上，有一個像是人的物體拿著步槍站在那裡。

「那是什麼啊……」

席薇亞錯愕低呼。

——疤。

那個人雖然頭戴兜帽，但是在滿月的照射下，仍可清楚見到嘴巴附近的樣子。

臉上有覆蓋整張嘴的疤。可能是燒傷的疤痕吧，疤如詛咒般蔓延，讓膚色顯得暗沉。

看起來就像死人一樣——

少女們回想起事前被告知的情報。

那就是——「屍」——？

「好噁心……」奧莉維亞喃喃地說。

那是會讓見到的人，無不產生厭惡感的可怕疤痕。

「吃老夫的子彈啦啊啊啊啊！」

其他少女還在驚慌之際，烏維已經舉起步槍開槍了。

不管怎麼說，這名老人實在勇猛。

他的射擊貫穿了屍所站立的樹木。子彈會往下方偏離，主要原因可能是夜盲症。

屍從樹上一躍，隨即融入黑暗之中、竄入樹林，一轉眼就失去了蹤影。

遲疑了一秒的時間。

「我們去追。烏維先生和女僕總管回家報警。」

從烏維手中搶過步槍，兩人前往樹林。

身為女僕，這樣會不會太勇敢了？可是，再怎麼樣也不能放過這個機會。

即使無法將之殺死、逮捕，至少只要掌握住一絲蹤跡，調查就能有所進展。

就在席薇亞抱著這樣的盤算，踏入樹林裡一步時——

腳被鐵絲纏住了。她急忙向百合求助，卻見到百合同樣也遭鐵絲勾住。

是陷阱。陷阱被設置在完全混入黑夜的隱密位置。

而且還讓兩人同時中計。這樣的技術並不尋常。

簡直像是早就看穿我方行動一般——

腳被往上一拉，身體浮在半空中。完全束手無策，連將藏在裙子裡的刀子取出的時間也沒有。假使對方現在開槍，根本無從閃避。

最壞的想像掠過腦海。

烏維和奧莉維亞的尖叫聲傳來。

會死。

「——好極了。」

心生覺悟的瞬間，熟悉的話說聲響起，同時鐵絲也被砍得細碎。

席薇亞的腳獲得解放。她將身子一扭，平安落地。一旁，百合則是從屁股重重地摔在地上。

「終於開始行動了。」

克勞斯緊握刀子而立。

一雙陰暗的眼眸望向森林深處。

「席薇亞、百合，再次繃緊神經。刺客終於展開行動了。」

他這麼說完，就彷彿一開始便不存在似的，再次消失在黑暗之中。

「燈火」與「屍」的戰鬥已然展開。

3章 敗露

the room is a specialized institution of mission impossible
code name manamusume

那是發生在過去的事情。

為了替不可能任務做準備，葛蕾特接受克勞斯密集的訓練。他們隔著桌子，像在下棋一般彼此相對。取代棋盤擺在桌上的，是烏維家的房屋平面圖。

「烏維先生所在處是會客室。時間是下午兩點。我假扮成送貨員潛入，口袋藏著A——」

「……這個嘛，首先我會利用莎拉小姐的動物確認有沒有攜帶槍枝——」

他們在進行模擬。

只在腦中展開平常的訓練。在克勞斯是刺客的設定下，由葛蕾特立即回答她會如何對同伴下達指示，並且就如同下棋對局一樣，交互發表自己的行動，移動平面圖上的棋子。

葛蕾特漸漸將克勞斯逼入絕境。她奪走對方的武器，將其追趕到宅邸的角落。原以為這下沒問題了——

「我要在這裡公開藏在口袋裡的A。」

克勞斯掀開他剛開局便蓋起來的便條紙，紙上寫著足以令局勢逆轉的道具。他恐怕從一開始就料想到這一步了吧。

葛蕾特嘆了一聲。

結果勝利的是刺客這一方。夥伴的棋子全都倒下。

「還不賴。」克勞斯發表評論。「再來一次吧。妳還能夠繼續嗎？」

「好的，當然可以……」

只要變更設定，就能即刻作戰。

葛蕾特重新排好棋子，開口說道：

「……如果平常的訓練也這麼做，老大的負擔就不會那麼重了……」

「不，想像和實戰不一樣。再說，我也沒辦法清楚說明細節。」

比方說，對於「我讓席薇亞小姐從背後突擊」這項行動，克勞斯有時會做出「我像老虎一般應付」的回應。這樣太為難所有人了。

不過，就累積經驗這一點，模擬訓練相當有效率。

光是一晚，葛蕾特就和克勞斯交手好幾十回合，從中累積了許多失敗的經驗。

「對了，我有個問題——」

他們也會在對戰的空檔閒聊。兩人一邊喝著紅茶，一邊稍事休息。

葛蕾特搶先點頭。

「……好的，我今天的內衣顏色是——」

「我沒有問妳。」

「——白色。」

「不要硬是說出來。」

克勞斯表情錯愕。

葛蕾特從某位同伴那裡得到「盡量開啟性話題」的建議，於是便不疑有他，忠實地照做。

她姑且「……跟我料想的一樣」逞強地這麼說。

「其實我是想問妳更嚴肅一點的問題。」克勞斯按著額頭。

「嚴肅？」

她強忍著想說出「是要預訂婚禮場地嗎？」這句話的心情，不然克勞斯可能真的會不理她。

克勞斯的眼神倏地變得銳利。

「——妳為什麼沒能在培育學校發揮實力？」

真的是嚴肅的問題。

從他讓人不禁深陷的深邃眼眸也能感受到這一點。

「包括其他成員在內，我當然有從教官那裡得到情報。百合經常失誤，再加上個性奔放，所以無法和其他人打成一片。莎拉原本就對當間諜沒有太大的動力。席薇亞則是因為出身的關係，曾經有過一段荒唐的時期。」

那三人是這次要合作的夥伴。

克勞斯大概只有把這件事告訴自己吧。

「可是，葛蕾特，我唯獨不知道妳是怎麼了。究竟發生了什麼事？」

「…………」

克勞斯似乎很擔心自己。

儘管不是什麼開心的話題，葛蕾特還是情不自禁地泛起微笑。

「我就算說了，你也一定不會相信……」

「不，我相信妳說的話。」

「……謝謝你。」

多麼令人安心的一句話。光是如此，整顆心便高聲跳動。

葛蕾特用雙手懷抱似的拿著茶杯，說出自己的祕密。

「……其實，我不喜歡男性。」

克勞斯出乎意料地遲遲沒有反應。

他沒有出聲，沒有動任何表情肌，甚至沒有眨眼。

全身上下彷彿時間暫停般停止動作。

「……」

持續沉默了好久。

「……老大？」葛蕾特偏著頭。「你不是答應說會相信我嗎？」

「抱歉，我不懂妳的意思。」

他還說出如此過分的話來。

「……我是說，只要有男性出現在我面前，我就會胃痛。」

「可是妳在我面前，表現得完全不是那麼一回事啊。」

「老大是例外。」

「這是什麼方便的設定。」

克勞斯似乎無法接受這個說法。

他對葛蕾特投以不服的眼神，再度像是陷入沉思般不發一語，但是不久便做出「畢竟我都答應要相信妳了」這樣既像感嘆又像放棄了的發言。他再次啜了一口紅茶，左右搖頭。

「妳的愛慕之情太令人費解了。」
「會嗎……？」
葛蕾特自己覺得很普通，不過他似乎覺得很不可思議。
真奇妙。
克勞斯明明就徹底改變了葛蕾特這個人的價值。
可是，比起想要說明這一點的渴望，眼前還有另一件事更為重要。
「那麼，我也要發問。」
葛蕾特改變話題。
「什麼事？」
「你手上的傷是怎麼了……？」
克勞斯的手被劃出一道紅線。平時的他不可能會受這樣的傷。
「噢，妳說這個啊。」他一副沒什麼大不了的態度。
「因為白天有件緊急任務要處理。我只是稍微勾到一下，很快就會好的。」
「……疲勞已經開始害你受傷了，請你務必好好休息。」
「不用擔心。再說，我還有好多非寫不可的報告書得完成——」
葛蕾特拿起擺在桌上的鋼筆。

那是他愛用的物品。她用雙手抱在懷裡。

「……在老大休息之前，我不會把這支鋼筆還你的。」

她定睛凝視著克勞斯。

他雖然不滿地蹙起眉頭，最終還是嘀咕一句「——好極了」，然後收拾起宅邸的平面圖。這代表著訓練結束了。

「我知道了，今天就到此為止吧。總之妳——」

「好的。我當然會和你同床、為你唱搖籃——」

「給我出去。」

「…………」

葛蕾特還沒說完，就遭到克勞斯先發制人。

「葛蕾特，妳應該也累了吧？我馬上就要睡了，妳幫我把房間的電燈——」

話到這裡就打住了。

轉過身，克勞斯已倒在床上。他閉著眼睛，呼吸平穩。轉換速度之快，就好比關掉電源般。

「…………好快。」

這樣下去可能會感冒。葛蕾特連忙將毯子蓋在他身上。

「…………」

若是平常，只要有人接近他就會醒來，然而現在的他卻依然沉睡。大概是累積了太多的疲勞吧。他還是第一次像這樣露出破綻。

「……是因為在我面前才鬆懈嗎？」

葛蕾特懷著期待說出心中的疑問，然而他沒有回應。

輕輕觸碰他的手，他還是沒有醒來。看來睡得相當沉。

「……你總算肯稍微向我撒嬌了嗎？」

一面感受手堅實、溫暖的觸感，葛蕾特繼續待在他身旁。

──心臟高聲跳動。

光是能夠在一旁望著那張安詳的睡臉，內心就覺得好滿足。全身彷彿受到陽光照射一般，漸漸溫暖起來。

不可以對愛要求回報──儘管腦袋明白這一點，卻還是會不自覺產生慾望。

（我對於這份戀情能否開花結果，絲毫不抱持期待……）

葛蕾特緊握住他的手。

「但是當我達成任務……能夠回應你的期待時……

……即使只有百分之一，對愛情懷有渴望的我，是不是太貪心了呢……？」

那是對她而言難忘的一刻。

◇◇◇

由於成功籠絡了烏維，諜報活動一口氣有了長足的進展。

擔任指揮中心的是葛蕾特。

她一邊完成女僕的工作，同時接連向其他少女們下達指令。

聽從她的指令，好比有三頭六臂般表現活躍的是席薇亞。

「……老大下達了『像摩擦深海岩石一般地刺探烏維先生』的指令。」

「麻煩說人話。」

「意思大概是要妳從烏維先生口中，打聽出明天參加餐會的賓客情報吧。」

只要像這樣做出指示，她就會「好！」地點點頭，立刻衝向書房。

「嗨，烏維先生，我們差不多該出發了吧？」

她拿著車鑰匙，用輕鬆的口吻對他說。

儘管被烏維斥責「時間比平常早了一小時耶！」，席薇亞仍「因為天氣好像會變差嘛。好啦，我們提早到那裡聊聊明天的事情吧。」像這樣花言巧語地維持友好。

當她下次返回宅邸時，想必一定達成目的了。

完成任務的同時，也和僱主維持良好的關係。

以現狀而言，她是任務的關鍵。

至於百合，她則是朝著不同於席薇亞的方向發揮所長。

天生的迷人容貌和與生俱來的開朗個性，讓她深受宅邸居民的喜愛。雖然這一套在培育學校裡吃不開，不過她這個人本來就算犯錯，也往往都會獲得原諒。即使行動多多少少不太自然，只要是她就不會遭人懷疑。

「……百合小姐，為了因應餐會，我要增加竊聽器的數量，請妳去轉移居住者的注意力。」

「我就知道妳會這麼說，所以已經翻倒水桶，把走廊弄得濕答答了。」

「…………」

「我是預知能力覺醒的百合！」

百合才神情愉悅地比出勝利手勢，樓下隨即傳來奧莉維亞的慘叫聲。百合驚呼「居然這麼快就被發現了！」，接著便含淚跑走。

儘管手段高調，但是也因為她的存在，讓其他同伴得以暗中行動。
她的獨特風格獲得了充分的運用。
宅邸外的莎拉則是受命處理雜務。
葛蕾特指示她利用動物，完成瑣碎的工作。雖然她本人很謙虛，但其實有不少工作只有她才能完成。
葛蕾特在上街採買的途中和莎拉交換情報。
「很遺憾的，敵人設下的陷阱沒有留下痕跡。由於連小妹家的孩子也沒有嗅出什麼，看來對方應該早有準備。」
其實葛蕾特早就料到會是這種結果，因此只是點點頭。
「……那麼，明天一整天就麻煩妳戒備了。請隨時在宅邸周邊待命……」
「收到！」莎拉點頭，露出怯懦的眼神。「順、順便問，刺客有可能會再來嗎……」
「我無法篤定地說沒有……」
「嗚嗚，也是呢——不對，沒問題！小妹也會加油的。」
拍拍臉頰鼓舞自己，她的身影逐漸消失在街角。

少女們的合作開始順利運作了。

◇◇◇

隨著最後一輛車子駛離，宅邸籠罩在夜晚的寧靜之中。

車子的大燈依序照亮山裡的樹木，不一會兒便從視野中消失，四周安靜得彷彿先前的喧鬧不存在一般。只剩下關上玄關門的聲音，莫名清晰地迴盪在耳裡。

葛蕾特重重地吐了口氣。

在烏維的宅邸舉辦的餐會平安結束了。

儘管是在這種偏僻的地方舉行，還是有多達三十名賓客來訪，所有人都是仰慕烏維的政治家和有權有勢之人。由於這次特別開放平常不用的空房，讓四名女僕得不停奔波才勉強應付得來。

正當她在玄關前放鬆地垂下肩膀，席薇亞帶著困擾的表情走來。

「席薇亞小姐，有什麼問題嗎？」

「啊～有個小問題。」

她用大拇指指著樓上笑道。

「烏維先生正為了餐會的費用大發雷霆。不過這算是他的老毛病了。」

「不，我不是那個意思……」

席薇亞點頭，用手勢傳達意思。

『沒有入侵者。我有將可疑人物的行李搜過一遍，不過沒有發現武器。』

葛蕾特也以手勢回應。

『莎拉小姐戒備時也沒有發現異狀。百合小姐則難得沒有在做女僕工作時出錯。』

確認情報完畢。

換句話說，萬事都進行得很順利。

「這都要多虧葛蕾特妳下的指令很完美，妳果然好厲害。我原以為這樣的行程絕對行不通，結果卻像施了魔法一般順暢。」

「不，應該受到稱讚的是席薇亞小姐妳們才對，我只是在幕後發號施令罷了。」

雖然表面上態度謙虛，實際上內心仍相當自負。

——一切都進行得很順利。

即使沒有克勞斯的指示，也能自行當場做出判斷，向其他少女下達適當的指令。藉著腳踏實地收集情報，一步步確實地將敵人逼上絕路。

在她腦中縈繞不去的，是一再勉強自己的心上人。

（……我必須讓老大向我撒嬌才行。）

葛蕾特緊抿雙唇。

為此，她竭盡全力，同時也多虧同伴的協助，才讓事情能夠按照計畫進行下去。

心想總之先來完成女僕的工作吧，葛蕾特回到餐廳。那裡依舊擺滿大量的餐具。她本來打算隨時收拾，無奈人數實在太多，而且明明有按照烏維的意思，只準備分量幾乎與人數相當的料理，結果卻留下大量的剩菜。

收拾到一半，席薇亞突然「對了，葛蕾特。」地向她搭話。

「妳之前說過，妳是政治家庭出身對吧？」

「……是的。怎麼了嗎？」

「那妳也會出席這種社交場合嗎？那種『金碧輝煌』的感覺，讓人有點羨慕耶。」

看著桌上的殘羹剩飯，席薇亞似乎又回想起那場餐會。

席薇亞臉上露出陶醉的神情。

今天的餐會用金碧輝煌來形容再適合不過了。

受邀賓客中，不僅有對烏維的政策表示贊同的財閥相關人士，連孤兒院出身的演員也笑容滿面地混雜其中。連袂出席的夫人則是身穿華美禮服，以閃耀的寶石點綴全身。

儘管是極左派，政治家的餐會依舊奢華。

那些看在席薇亞眼裡似乎十分耀眼。

葛蕾特左右搖頭。

「……不，我和那個世界格格不入。」

她老實地回答。

這是當然的了。若非如此——她也不會當間諜了。

席薇亞「是喔～」地隨口附和。「也是啦，因為妳很怕男人嘛。」

她應該不是什麼也沒察覺。

葛蕾特對於她沒有追問的溫柔之舉心存感謝。

「……我改天再跟妳說，現在就先專心做該做的事情吧。」

微笑著敷衍帶過，葛蕾特專心收拾。席薇亞也「知道了～」一派輕鬆地回應。

葛蕾特繃緊神經。

（沒錯，為了老大……我必須專心才行……）

儘管心痛的感覺瞬間占據了思緒，但她隨即搖搖頭將之甩開。

來到走廊上，只見奧莉維亞已經在那裡等著了。

「葛蕾特，方便來一下嗎？」

音調比平時低了一個八度。大概是要說教吧，從她的語氣就察覺得出來。

——必須克服不可。

為了鼓舞自己，葛蕾特「……跟我料想的一樣」地悄聲低喃。

她被叫去的地方，是奧莉維亞的傭人房。

物品散亂地堆積在床舖周圍，便服則被隨意地掛在椅子上。可能偶爾會抽菸吧，房內飄散著香菸的餘味。平時她從不讓少女進入自己的房間，看來她「因為我房間很亂」的主張確實沒錯。

奧莉維亞一屁股坐在化為衣架的椅子上，將成堆衣服壓扁。她讓葛蕾特站在自己面前，投以凌厲的目光。

「欸，今天的餐會妳為什麼要一直待在廚房？我本來希望妳可以一直陪侍在客人身邊。」

看樣子她果然是要開罵。

葛蕾特立刻低下頭。

「……對不起，因為我身體不舒服，想說負責洗碗就好。」

「唔，洗東西可以之後再洗啊。」

葛蕾特的身體不適是半真半假。

一見到那麼多男人，胃就痛了起來，這一點是事實。

可是，她躲起來一方面也是為了從事間諜工作。為避免遭人察覺這點，必須設法蒙混過去。

奧莉維亞用手指玩弄起自己的頭髮，完全沒有打算掩飾不悅的情緒。

「我說啊，妳也已經十八歲了，應該明白才對，政界是男性掌權的社會，裡面到處都是瞧不起女人的傢伙。而在那樣的聚會裡，光是有年輕可愛的女僕笑臉迎人，氣氛就會和睦許多，所以我才希望妳一定要出場啊。」

「原來如此……」

葛蕾特當然知道這個道理，卻還是裝作初次聽聞地點頭應和。

奧莉維亞面露微笑，心情似乎稍微好了一些。

「一開始雖然會不習慣，不過那樣其實還不賴喔。只要隨便恭維一下對方就能拿到小費，還有些大叔會帶我們去旅行和看戲呢。」

「……我想那應該是奧莉維亞小姐特別漂亮的關係……」

「咦？妳這麼認為嗎？好開心——不對，重點不是那個。」

奧莉維亞將瞬間上揚的嘴角往下撇。

「妳身體不適有什麼原因嗎？」

「…………」

好了——這下該找什麼藉口呢？

葛蕾特不懂話術，所以只能找出一個適當的藉口。

脫離現實的謊言缺乏真實感。可是，說出無趣的事實，對方也不會接受。這種時候，或許應該拋出所有人都喜歡的話題。

「……其實，是因為我心裡有一位迷戀的男性，所以不太想和其他人有所牽扯。」

「咦？願聞其詳！」

奧莉維亞弄倒椅子站起來。

「……………」

她比料想中更感興趣。

應該說，是上鉤了。

「好、好的……」受到她的氣勢震懾，葛蕾特接著說明。「……這或許就是所謂的為情所困吧。我只要想到那個人，連和其他男性說話都會猶豫……」

「啊！難道是他？」

「……他是指誰？」

「就是之前的帥哥。啊～對了，葛蕾特妳沒有看到。那天殺手來的時候，有位帥哥剛好路過這裡。」

奧莉維亞舉出那個男人的特徵。

那是一名外表中性、長髮，表情僵硬，身穿西裝的年輕男性。

「我問妳，他看起來和席薇亞她們很熟，他是什麼樣的人？」
「……我也不知道要怎麼形容。」
「他是來見妳的嗎？告訴我，那個男人現在人在哪裡？」
「……不，他只是學校的老師……應該只是來看看正在打工的學生情況如何。」
「喔，是這樣啊，那個人還真認真呢。什麼嘛，原來是我誤會了。」
連珠炮似的提問後，奧莉維亞笑道：
「抱歉喔，因為這個職場不太會出現戀愛八卦，所以我飢渴很久了。不過，戀愛啊，真教人羨慕耶。既然是這種情況，確實也很難勉強妳。」
雖然覺得她並沒有到飢渴的程度，葛蕾特還是隨口附和。
奧莉維亞深深嘆口氣，扶起椅子重新坐好。
無論如何，看來是博得她的好感了。葛蕾特也微微吐氣。
可是就在這時，奧莉維亞竟說出意想不到的話來。
「既然這樣，我可以收下嗎？」
奧莉維亞的提案令葛蕾特滿頭霧水。
「收下？」
「既然葛蕾特妳的意中人不是那位老師，我應該可以收下吧？」

簡直把人當成物品看待的態度。

奧莉維亞滿不在乎地繼續說。

「下次讓我和他見個面吧。我可以配合他的行程。」

「……可是，即使和他見面，也未必能夠和他成為情侶……」

「咦～這種事情誰說得準呢～畢竟我臉蛋長得好看，對身材也挺有自信的。」

「…………」

「對方一定也憋很久了啦。只要讓他喝點酒，假裝自己也醉了把胸部貼上去，然後巧妙地把他帶上床讓生米煮成熟飯——」

這時，奧莉維亞忽然停頓下來。

笑容從臉上消失，換上一副觀察葛蕾特的表情。

「什麼嘛。」

奧莉維亞開口。

「——葛蕾特，原來妳也會露出那種表情啊。」

「………………」

我現在究竟是什麼表情？

儘管如此，葛蕾特卻沒有勇氣照鏡子。

奧莉維亞捧腹大笑，「我當然是開玩笑的啊。葛蕾特，妳還真好懂耶！」還邊拍手邊這麼說。看樣子，她好像被戳中了笑穴。

之後她站起來，把手搭在葛蕾特肩上。

「總之，妳要為了喜歡老師的事情煩惱是無所謂，但是工作可千萬不能偷懶喔。妳放心，男人一定會回頭看妳的。」

「……是這樣嗎？」

「嗯，因為妳是美女呀。妳得表現得更從容一點才行。」

她笑瞇瞇地看著葛蕾特。

「像我們這樣的美女可以輕鬆地活著。男人才不喜愛沉重的女人呢。」

這一定是鼓勵的話。

是成熟女性給青澀少女的建議。

葛蕾特原本想坦然地接受——

「——我討厭那種想法。」

她卻做出完全相反的回應。

「……我沒辦法喜歡不努力被愛的人。」

「什麼跟什麼啊。」

好心給的忠告被糟蹋了，奧莉維亞似乎相當火大。
她將手移離葛蕾特的肩膀，投以煩躁不已的銳利眼神。
「──我看，妳就是因為這樣才不被愛吧？」
「……！」
葛蕾特緊咬嘴唇。
好幾句話掠過腦海，卻仍忍著不將那些脫口而出。
「啊，被我說中了。」奧莉維亞面露嘲諷的笑容。「也是啦，因為妳這個人很陰沉嘛。」
那似乎才是她的真心話。
奧莉維亞像是要趕人走地揮揮手。
「既然妳要無視別人好心給的建議，那就算了。想想也對，就算妳一臉不情願地勉強出席餐會，也只會惹人嫌而已。」
話題似乎到此結束，她冷眼望著葛蕾特。
自己可能再也不會進到這個房間了。
如此心想的葛蕾特，迅速觀察房間各個角落。被妥善安放在桌上的工藝品引人注目，翡翠色的寶石閃閃發亮。
「……對了，那個胸針好美喔。」

奧莉維亞皺起眉頭。
「那是我愛人送我的禮物啦。妳有什麼意見嗎？」
「不，沒什麼……」
葛蕾特恭敬地低頭致意，離開奧莉維亞的房間。
壓抑住想要詢問「那是加爾迦多帝國的工藝品吧？」的心情——

逃離奧莉維亞的追問後，葛蕾特倒在傭人房的床上。
（……好累………）
每當一天結束，總會感到疲憊不堪。
儘管想著必須繃緊神經，然而身體卻渴望怠惰，思緒也變得遲緩。
我得換上睡衣才行。即使腦袋做出這樣的判斷，一度深陷被窩的身體卻無法立即動起來。這份倦怠感恐怕不單單只是因為過勞吧。
奧莉維亞的話，刺中了葛蕾特內心柔軟的部分。
「——我看，妳就是因為這樣才不被愛吧？」
葛蕾特早有自覺。

她不像百合一樣擁有吸引眾人的迷人外表，也沒有席薇亞那樣表裡如一的爽朗個性，更不像莎拉一樣討人喜歡，會讓人想要好好保護她。

而是一個性格陰沉、只會想卻缺乏行動力，連跟人聊天對話也不會的女人。

——克勞斯對我沒有戀愛情感。

這一點，葛蕾特自己也察覺到了。

（正因為如此，我才只能盡全力付出啊……）

努力付出，展示成果，回應對方的期待，然後被愛。她只能夠這麼做。

葛蕾特把手伸向放在床邊櫃上的東西。

——鋼筆。

緊緊握住那支筆，按向自己的胸口。

（……從老大手中搶過來之後，不知不覺就錯過了歸還的時機。）

結果，就一直當成護身符保留到現在。她輕撫鋼筆，沉浸在與他的回憶中。

這是她對獲得情人贈送胸針的奧莉維亞的抵抗。

抱著「我有從意中人那裡偷來的鋼筆喔」的心態。

儘管孰勝孰敗是再清楚不過了。

「……老大。」

即使低聲呼喚，也不可能得到回應。

沉浸在妄想中一陣後，有人敲了房門。

隔壁房間的百合探頭進來。

「啊，辛苦了～」

「百合小姐……？」

葛蕾特坐起身，和她面對面。

對了，報告還沒有結束。徹底遺忘這件事了。

「說得也是，如果是關於今天餐會的事情——」

「——總之，先把工作的事情擺一邊吧。」

可是，百合卻不理會葛蕾特的話。

「摸摸。」

逕自撲向床鋪後，百合就開始摸葛蕾特的頭。她露出天真無邪的笑容，像在哄孩子似的撫摸葛蕾特。

葛蕾特眨眨眼。

「……妳是怎麼了？」

「哎呀，因為我看葛蕾特妳好像很累的樣子，才想好好地寵愛妳一番。」

「這樣啊……」

「雖然我不是老師，不過妳就用我的手將就一下吧。」

她突然間是怎麼了？

葛蕾特滿腹不解地接受撫摸，結果百合笑著說：

「既然療癒老師的疲憊是葛蕾特的職責，那麼療癒妳的疲憊就是我的職責啦。妳不要把事情想得太困難了。」

她似乎為葛蕾特的疲勞感到擔憂。

百合繞到葛蕾特背後，幫她按摩身體。以熟練的手法，揉捏放鬆她的頭、脖子、肩膀、背部。據百合所言，她也經常幫同伴之一的莫妮卡按摩。雖然覺得實際上恐怕是「被命令那麼做以作為賠罪」，但總之她的手法相當熟練。

可是另一方面，也有件事令葛蕾特在意。

——後腦杓傳來的柔軟觸感。

「……百合小姐，妳的身材真好…………」

「妳怎麼突然這麼說？」

她的胸部一直頂到葛蕾特的頭。

百合突然慌張起來，從葛蕾特身邊跳開。她平時個性明明動不動就得意忘形，然而一提到自己的身材或性方面的話題，就會突然變得很害羞。

我也需要那種羞恥心嗎？

葛蕾特嘆了口氣。

「……沒什麼。我只是因為誘惑老大好幾次都失敗，所以變得有點神經質。」

「別這麼說，妳完全不需要沮喪。因為妳的身材也——」

百合不自然地止住話。

視線停留在葛蕾特平坦的胸部上。

「那、那個……」

「那個？」

「……………………………………………………………………………………感覺很擅長扮男裝。」

「……………」

那似乎就是她好不容易才擠出來的話。

大概是發覺自己踩到地雷了，百合開始劈里啪啦地說個不停。

「真、真不愧是變裝專家！體態管理做得真完美！」

「………」

「不需要束胸就能假扮男人的天才！」

「…………」

「說妳平常就在扮男裝也不為過！」

葛蕾特握住百合的手。

「我可以折斷妳的小指嗎……？」

「妳真的生氣了？」

百合發出慘叫。

可是，重重受到傷害的人是葛蕾特。她讓背部離開百合，倒向前方，呻吟著「這個充滿痛苦的世界真該死」同時捶打棉被。

被狠狠直指自卑之處，讓她好想哭。

不僅如此，對克勞斯說過的話也在這時掠過腦海。

（「請躺在我胸前睡覺」這種話……連我自己都覺得難堪……）

從客觀的角度來看，實在是太丟臉了。

要是克勞斯回說「妳哪裡有胸部？」，葛蕾特恐怕會咬舌自盡吧。

就在葛蕾特傷心難過時，百合拍拍她的背。

「葛蕾特，妳放心。妳身上也充滿著迷人魅力喔。」

她用開朗的語氣說。

「所以，我們要永遠當好夥伴！」

儘管覺得自己受的傷比獲得的療癒更多，百合卻說完就笑容滿面地離開了。

在百合離去的房間裡，葛蕾特深深嘆息。

雖然感謝她的心意，卻無論如何都無法接受她的話。

（……我怎麼樣都不覺得自己有魅力……………）

葛蕾特把臉埋進床單，繼續深陷苦悶的思緒當中。

一度消沉的心，喚醒了過去的傷痛。

——「我沒辦法愛妳這樣的女兒！」

那個詛咒遲遲不肯離去。話語反覆地在耳邊迴盪。

她按住頭，不小心再次回想起往事了。

——「為什麼妳就是無法正常地笑！」

想要趕走說話聲，於是用棉被把自己裹起來。

——「我怎麼會生出妳這種令人毛骨悚然的女兒！」

可是，殘響卻久久不肯消失。

◇◇◇

克勞斯在某間旅館內閱讀報告書。

那是向某個間諜培育學校索取來的資料，裡面紀錄了考試內容和葛蕾特的成績。筆試成績接近滿分，可是一遇到實地測驗，成績就會突然一落千丈。儘管如此，只要考試內容不會與人接觸，她的表現依舊優秀。

問題是臥底和交涉——與人接觸的測驗。她在這個項目，拿到差點不及格的成績。

——我不喜歡男性。

雖然沒有懷疑，不過看來她的話確實屬實。

（男性恐懼症啊……）

她的父親是政治家，參議院的國會議員。是中間偏左派的代表性人物，和極左派的烏維保持著寬鬆的合作關係。據公開資料顯示，他有三個兒子和一個排行最小的女兒，而那個女兒為了養病，從十三歲起就在海外居住。

她之所以進入培育機關，是受到父親的強烈推薦。

簡單來說，她應該就是被拋棄了。

（因為政界有著根深蒂固的男尊女卑觀念。人們要求女性具備美貌和落落大方的性格……一旦不符合男性社會的要求，存在價值便會持續遭到否定……那樣的生活想必宛如地獄。）

葛蕾特的處境無疑十分淒慘。

「愛娘」這個代號據說是她自己取的。

多麼諷刺的名稱。

克勞斯撕破報告書，放在菸灰缸上。

「——但是，光憑這疊紙無法掌握她的心思。」

克勞斯把點燃的火柴放在報告書上，將其燒燬。

「總之，現在就先完成任務吧。」

做出結論，克勞斯將散亂的頭髮往後紮起。

「是時候開始——狩獵刺客了。」

◇◇◇

莎拉在山中小屋裡餵食寵物。

由於烏維的宅邸和鎮上有段距離，於是她便藏身在空著的山中小屋裡。老鷹、鴿子、狗、老鼠，小屋內擺滿裝著那些動物的籠子，感覺就像是一間動物籠舍。

搬運、聲東擊西、搜查，動物的運用方式五花八門。

即使是科學技術進步的時代，還是有許多事情只有動物才辦得到。

——調教。

向他人說明時，為圖方便，莎拉總是這麼稱呼自己的能力，但她認為自己和動物之間建立起了信賴關係。

尤其和老鷹巴納德的交情，更是從進入間諜培育機關之前便延續至今。

「好好好，小妹知道你從以前就喜歡吃豬肉啦。」

牠是老饕，只有莎拉親自特製的飼料才能滿足牠。

正當莎拉望著巴納德大快朵頤時，小屋響起敲門聲。

「噫！」身子頓時一顫。

是敵人來了嗎？

要是有個萬一，就讓巴納德保護我好了。如此心想的莎拉在牠身旁舉起槍，結果門後傳來「是我」的熟悉說話聲。

「啊，原來是老師。」

打開門，只見克勞斯站在那裡。

莎拉不知道他平時究竟在哪裡做些什麼，不過從包包裡的文件來看，似乎確實有所斬獲。

莎拉將桌子移到房間中央，盯著克勞斯的資料。

相反的，她也把席薇亞偷來的資料遞給克勞斯。

遭到刺客殺害的是烏維的老朋友。刺客或刺客的同夥，此時此刻恐怕就潛藏在他的周邊。

「情報都收集齊全了呢，應該差不多可以確定人選是誰了。」

克勞斯「是啊」地說完，又拿出新的資料。

是疑似遭屍殺害的政治家的詳細資料。

「布置成跳樓自殺是最常用的手法。由於沒有使用凶器，要追蹤調查十分困難。未被揭發而被當成自殺處理的暗殺案件，想必是堆積如山吧。」

「真低級的嗜好……」

「喪命的是為戰後復興盡心盡力的政治家，真是遺憾……」

克勞斯的表情蒙上一層陰影。

一旦專注於眼前的事物，就會不小心失去綜觀全局的視野。

不是單純的殺人。人消失後，政治會產生變動，連帶改變國家，世界樣貌也將隨之轉變。

對帝國來說，剷除令人不愉快的政治家，讓有他們當靠山的政治家當選，這樣就不必掀起耗費成本的戰爭，照樣能夠逐漸支配鄰國。

（這就是影子戰爭嗎……）

莎拉不由得倒吸一口氣。

被稱為屍的刺客——光是有查明的，世界各國就已經有數十人命喪其手中。不只是目標，有時屍也會殺害周邊人物，以免遭人識破自己真正的意圖。被逼到走投無路時也會將一般老百姓牽連進來殺害，好讓自己逃命。

絲毫不具道德觀、惡劣透頂的情報員。

——那就是我們現在起必須交手的敵人。

一股寒徹骨的感覺伴隨著憤怒的情緒，從身體深處湧現。

「莎拉。」克勞斯對她說：「別擔心，世界最強的我一定會將其制伏，妳不需那麼害怕。」

光憑那一句話，莎拉僵硬的身體便得以放鬆。

世界最強——聽起來甚至有些幼稚的自負與驕傲，曾好幾度拯救了她。

對膽小的莎拉而言，那無疑是她心靈上的依託。

克勞斯一副任務到此結束地點點頭，轉身朝房間外走去。

「那、那個！」

莎拉忍不住朝著他的背後出聲。

她有件事非告訴他不可。

「雖然覺得很丟臉，不過現在小妹感覺安心多了。雖然很高興老師願意依靠小妹，但是說實話，還是比較希望被老師保護……」

「沒什麼好丟臉的。」

「那個！所以，小妹希望老師能多關心一下葛蕾特前輩。」

克勞斯一臉感到不可思議地轉過身。

實際說出來之後，莎拉才明白自己究竟想表達什麼。那是膽小的她才能說出口的話。

「葛蕾特前輩的行動，一定比老師以為的更需要勇氣。」

「…………」

克勞斯一言不發，表情比往常更加冷漠，看不出任何情緒。不久，他小聲嘀咕了一句「這樣啊」，便離開莎拉的房間。

◇◇◇

第一次襲擊的五天後——發生了第二次襲擊。

席薇亞聽見槍聲，立刻跳起來衝到烏維的房間，結果見到窗戶玻璃破了。

所幸，烏維還活著。他拿出步槍大口喘氣。由於他不停朝黑夜開槍，席薇亞趕緊制止。

「第二次暗殺啊……」

看來是失敗了。

從窗外狙擊、暗殺，又或者是利用破掉的窗戶玻璃殺傷烏維。不過，似乎是因為先前變更過家具的擺設位置，所以沒能傷及床上的烏維。

——好奇怪。厲害的刺客會在這麼短的時間內二度失敗嗎？

子彈掉落在地板上。

席薇亞撿起子彈，定睛觀察。

敵人所使用的恐怕是小型手槍，口徑25㎜。窗戶和樹的距離目測為三十公尺。以這樣的距離來說，使用的手槍太小了。

莫非對方不打算取他性命？這一點實在讓人想不透。

席薇亞用手帕包起子彈，收進口袋。

這時，其他居住者總算趕來。幾乎沒有存在感的祕書連忙確認烏維的身體狀況。

「老夫差點就沒命了。」

烏維重重吐氣。

「白髮，幸虧有妳。要不是妳擅自移動老夫的床，老夫說不定早就被窗戶玻璃刺死了。」

席薇亞「不，這完全只是巧合啦。」地笑答。

當然，這是她精打細算下採取的行動。考慮到環繞宅邸周邊的樹木位置和窗戶的配置，她改變家具的擺設方式，讓烏維被人從外面狙擊也不至於有性命之虞。

「又是那個醜惡的疤面男。」烏維從鼻子哼氣。「可惡！下次老夫一定要開槍殺了他！」

「你的夜盲症狀況還好嗎？」

「多虧有妳們的料理，現在已經大致復原了。下次那傢伙再出現，就是他絕命之時。」

讓他吃了兩星期營養豐富的料理後，烏維的症狀已獲得改善。這雖然是件好事，不過還是希望他不要太出風頭。

席薇亞從烏維手中奪走步槍，靠在牆壁上。

「烏維先生，你的確是很勇猛，不過，照一般的做法僱用警衛你覺得如何？」

「唔，那樣好像也不壞……」

烏維交抱雙臂，陷入沉思。他好像正在和自己的節約精神進行拉扯。

可是，在席薇亞看來，僱用警衛不失為一個好方法。只要能夠確定對方的身家清白，請人幫忙加強戒備也不壞。

「——那樣不行啦。」

反對的聲音響起。

是奧莉維亞。注意到時，她已在不知不覺間站在背後。

「烏維先生，我們明明連刺客在哪裡都不知道，還要多增加外人進到這個家，這樣太可怕了，我反對這麼做。」

她連珠炮似的說服烏維。

一邊動口說個不停，一邊緊緊挨到烏維身邊。

「對了，烏維先生。還是說，應該解僱最近剛來的外人呢？」

席薇亞反射性地向前一步。

「妳在說什麼啊？剛才的襲擊也是我——」

「妳們幾個好像不怎麼害怕耶。這是為什麼呢？」

奧莉維亞發出聽似害怕的顫抖語氣。

「就連第一次襲擊妳們也表現得很勇敢，莫非妳們早就習慣遇上麻煩了？我問妳，到底為什麼？妳會移動床鋪真的是巧合嗎？」

「……！」

「烏維先生，不如重新調查一次她們的身家吧。比方說，徹底檢查她們身上的持有物……」

奧莉維亞隔著衣服緊握烏維的手臂，在近到讓人以為要接吻的距離，定睛凝視著主人。

烏維也一副驚慌失措的模樣。

他似乎被夾在疑惑和信賴的女僕之間，不知如何是好。

席薇亞一時不知該怎麼回答。假使她的身分遭人起疑，有可能會被趕出去。

奧莉維亞面露志得意滿的微笑。

「我——」

「我說，奧莉維亞小姐……」

就在席薇亞準備回答的那一刻，有人從後方出言相助。

「……赤手握著玻璃很危險喔。」

是葛蕾特。

她不知何時來到了房間，一邊收拾玻璃，一邊用平靜的目光望著奧莉維亞。

奧莉維亞沉默回望，臉上表情冷漠至極，流露出不悅的情緒。

可是，她很快就堆起笑容。

「……說得也是喔，手指都被劃破了。我去清洗一下。」

語畢，奧莉維亞攤開右手。

三公分左右的玻璃碎片落在地板上。

她一臉無趣地離開烏維，準備走出寢室。

途中，她和葛蕾特擦身而過之際，兩人彼此互瞪。

「…………」

「…………」

那瞬間的視線交錯代表著什麼？

包括席薇亞在內，其他人都不知道。席薇亞決定總之先來清掃房間。

她悄聲詢問葛蕾特。

「我問妳，奧莉維亞小姐是什麼時候握住玻璃的？」

簡直就像暗器。

如果是專家，只憑玻璃碎片就能割斷人的頸動脈，是足以應付緊急狀況的武器。可是在此同時，即使遭人逼問手持玻璃的理由，也能順利地蒙混過去。

——無疑是間諜的技術。

「她剛才隱藏氣息站在我背後耶。如果奧莉維亞小姐有意動手，我早就——」

「席薇亞小姐。」葛蕾特以沉靜的語氣低語。「現在請先完成女僕的工作。」

她似乎已經明白什麼了。

儘管被敦促繼續演戲，席薇亞還是想確認一件事。

「我問妳，老師的判斷是什麼？」

「……他說交給我處理。」

席薇亞瞪大雙眼。

「他全權交給妳決定嗎？」

葛蕾特微微點頭，著手清掃。

實在教人意外。席薇亞早就知道葛蕾特有時會受託斟酌處理現場狀況，但沒想到她竟背負了如此重任。

「…………」

悄悄望向葛蕾特的側臉，她的表情中少了幹勁。原本身體就不強健的她，看起來心神勞累。

（話說回來，那傢伙現在到底在哪裡啊？）

席薇亞瞪著半空中。

◇◇◇

結果，整理工作直到深夜才結束。

葛蕾特按著頭，回到傭人房。頭痛了起來，大概是沒日沒夜持續工作的關係吧。只要一放鬆，意識就會變得朦朧。

但儘管如此，還是不能中斷警戒。

需要思考的事情堆積如山。

（……她恐怕還不會行動吧。要是現在動手，到時嫌疑加重吃虧的人是她……雖然她現在心裡一定很氣憤，不過應該還是會為了提防老大，不敢輕舉妄動……）

葛蕾特已拜託莎拉，查出奧莉維亞的護照資料。

奧莉維亞出身東方小國。有時會向烏維請長假的她，每次休假都是去國外旅行。而她的旅行地點，恰好和疑似出自「屍」之手的暗殺地點重疊。

遭到殺害的全是政界人物。她疑似利用了烏維所掌握的情報。

（……只不過，現在還無法得知她有多少實力……我是很想觀察她對於襲擊事件的應對方式，慢慢地掌握情報……可是再繼續這樣下去……）

就快接近尾聲了。

從現在起，每一步都關係著任務的成敗。

——只要走錯一步，同伴就會死。

「……！」

那個念頭一湧現，葛蕾特頓時有種心臟被緊緊揪住的感覺。

這就是克勞斯所背負的重擔。

全部自己一人完成就好——也能夠理解他為何採取那種行動。

在上次的不可能任務中，他的內心也曾經糾結過好幾次。葛蕾特終於能夠切身體會他糾結的原因了。她從沒想過，依靠同伴竟是如此令人害怕。

她睡不好。

與其睡覺，她寧可把時間用來構思計畫。

她食不下嚥。

要是在她悠哉用餐時事件發生了，那可怎麼辦才好。

腳步沉重。感覺只要一放鬆，整個人就會腿軟癱在地上，然後說不定就再也站不起來。

這時，地毯的皺褶讓她絆了一下。

就在她快往前跌倒時，某人抱住了她。

「葛蕾特。」

是百合。

她從旁摟住葛蕾特的肩膀，眼神中流露出不安。這裡是傭人房前，她大概一直在這裡等葛蕾特回來吧。

「妳沒事吧？不管怎樣，請先來我房間休息。」

「……對不起，我稍微沒走穩。」葛蕾特立刻從她身邊離開。「不用了，這點小事只要在床上休息一下——」

「不行，我要再幫妳按摩。我要將妳揉捏到全身都變得像水母一樣軟趴趴為止。」

百合不容分說地將葛蕾特帶進自己房間。她的力氣比較大，無從抵抗的葛蕾特只能被她硬推著走。

可是另一方面，一部分的她也很感激這個提議。

百合的按摩技術確實高明。撇除自卑之處會受到刺激這一點，身體的確會變得很輕鬆——

而這樣的鬆懈之舉足以致命。

「——妳上當啦。」

「……咦？」

百合說出奇怪的話。

做出判斷時，一切已經太遲了。

「抓住她啊啊啊啊啊啊啊！」

百合發號施令。

嘴巴被堵住。轉過頭，出現在眼前的是席薇亞。她似乎是躲在門旁。急忙想要掙脫，手臂卻被抓住，無法逃脫。「給我安分一點。」耳邊傳來這句強盜似的威脅話語。

葛蕾特就這麼被推倒在床。

羞恥的驚呼從口中發出。

床旁邊，莎拉早已在此待命。她跨坐在倒下的葛蕾特腿上。

右手臂被席薇亞抓住，左手臂被百合抓住。
全身徹底遭到束縛。
「……請、請問，這到底是怎麼一回事…………？」
「敵人必須毫不留情地盤問。」
百合嚴詞以告後，拿出粉刷用的大刷子。
用濃密的刷毛搔葛蕾特的脖子。
「～～～！」葛蕾特難受得扭動身軀，少女們卻不解開束縛。
「不能對敵人手下留情。」
「妳、妳昨天不是才說要永遠當好夥伴……？」
「我騙妳的。」
她如此篤定地說。
那是無論如何都不該撒的謊言。
見到葛蕾特恨恨地看著自己，百合將手伸向葛蕾特的裙子。
說了一句「找到了！」便扯下某樣東西，拿給葛蕾特看。
那是熟悉的鈕釦型機器。
「竊聽器……？」

「呵呵！妳要是以為我永遠都是受騙的那一方，就大錯特錯啦。」

和安裝在宅邸內的竊聽器一模一樣。

一定是她昨晚按摩時乘機裝上去的。換句話說，葛蕾特的一舉一動隨時都被洩露出去。

百合得意洋洋地笑道。

「那個疤面男——其實是葛蕾特妳假扮的吧？」

聽了她的話，席薇亞和莎拉兩人「「咦？」」一臉意外地瞪大眼睛。她們似乎是在不知情的狀況下動手襲擊。

葛蕾特也同樣意外。

她早料到事情遲早會敗露，但沒想到第一個發現的人竟是百合。

她本來打算沉默以對，結果百合又用毛刷撫過脖子，讓她「～～唔！」難受地扭動。

不是盤問，而是拷問。

葛蕾特嘆了口氣。

「……我投降了……沒錯，犯人就是我唔唔～～～～！」

正打算坦承時，又被搔癢了。

「這個好好玩喔。」百合盯著毛刷，一臉感動地這麼說。「所以——妳為什麼要變裝成那副模樣？」

「……我剛才正要說就受到打擾了。」

「因為妳的反應太可愛，害我一時忍不住。」

百合乾脆地坦言。

所幸，她欺騙同伴的犯罪念頭已經消失了。

「我冒充刺客，藉機觀察女僕和警衛的反應……藉此讓受過特殊訓練的人現形……」

沒錯，對烏維和奧莉維亞開槍的人是葛蕾特。

槍聲一響，凡是受過訓練的間諜一定會擺出架式。即使演出害怕的樣子，依舊會躲起來不讓自己成為目標。葛蕾特就是在尋找有沒有那樣的人物。

這恰好與烏維之前執行的手法一致。只不過，他的做法實在太過唐突，即使是受過訓練的間諜還是會嚇到腿軟。

「妳差不多該告訴我們這件任務的全貌了吧？」

百合一副早就察知一切似的微笑。

「……不，這是我的責任。」

「葛蕾特，妳真的很厲害。我們到頭來還是不敢說『想分擔老大身上的負擔』這種話。」

她緊握住葛蕾特的手。

「但是，如果是這句話我就敢說──我想要分擔葛蕾特妳身上的負擔。」

葛蕾特凝視著那雙溫柔的眼眸，終於明白為什麼百合會識破變裝了。

一定是因為她一直以隊長的身分，關心著同伴心中的苦惱。

又或者是相反。

是因為看似奔放的她其實有著一顆替同伴著想的心，才會被指定為隊長。

聽了百合的話，席薇亞接著說「就是啊」，莎拉也「沒錯！」地點頭附和。她們也都對葛蕾特投以溫柔的目光。

眼頭發熱。

原來即使遇不到願意愛自己的男性，身邊還是有這麼多關心自己的同伴啊。

嘴巴自然而然地動起來。

「各位，請聽我說。目標的屍是——」

話還沒說完，葛蕾特的耳朵就清楚聽見了。

「妳們幾個果然是情報員。」

不帶感情的說話聲。

徹底無聲無息。那無疑是她經過磨練的——刺客技能。

好比心臟被直接揪住般感到噁心。

「算了，這次就幹得轟轟烈烈的吧。」

聲音傳來的方向，是傭人房的房門。

從門縫中隱約現身的是奧莉維亞。

她悄悄地將某樣東西扔入房內。

——手榴彈。

「去窗戶！」葛蕾特大喊。

最先動起來的人是席薇亞。

她抓著莎拉的頸子，朝百合的屁股一踢，將同伴送往唯一的出口。獲得釋放的葛蕾特也緊跟在後。

席薇亞一腳踹飛窗戶，所有人集體從窗戶逃脫。

藏身在建築牆邊的同時，炸彈爆炸了。

猛烈火勢從窗戶噴發，玻璃和家具的碎片也同時從窗戶飛出來。葛蕾特用情急之下抓在手裡的床單，覆蓋同伴的身體。也幸好因為離窗戶夠遠，才能免於直接受害。

「再一發。」

可是，令人毛骨悚然的聲音不知從何處傳來。

手榴彈再次從頭頂上方落下。

大概是早就預測到少女們會逃往何處吧。葛蕾特努力絞盡腦汁，卻想不出任何辦法避開那團爆炸波。

就在炸彈炸裂的前一刻，一道影子掠過頭頂。

是老鷹。

名叫巴納德的老鷹突然現身，用牠的鉤爪靈活地抓起手榴彈，運向空中，然後在遠離主人莎拉的地方放開炸彈——但是卻晚了一步。

手榴彈在老鷹身旁爆炸。

「——！」

莎拉發出不成聲的慘叫。

飛濺的鮮血黏在葛蕾特臉上。

散落的老鷹羽毛在空中飛舞。

啪的一聲，面目全非的老鷹墜落在地。

「巴納德先生……？」

莎拉的語氣茫然。

奧莉維亞沒有追擊。她似乎已經逃走了。

萬萬沒想到，她居然會這麼早開始行動。

「老——」百合放聲吶喊。「老師在哪裡？得馬上呼叫他才行！」

葛蕾特能夠深切體會她的心情。

別再囉嗦些什麼。若是有他的力量，應該就不會產生這樣的犧牲。

「……他不在…………」

可是，狀況太慘烈了。

「咦……？」

「……老大現在不會來這裡……」

必須說出來才行。說出這件任務的真相。

說出他懷著悲痛心情做出的決定——

「……這場戰鬥，只能靠我們自己打贏……」

席薇亞、百合和莎拉表情凍結。

葛蕾特作夢也沒想到，自己竟會在這種時候說出之前沒能坦白的祕密。

——世界最強不在身邊。

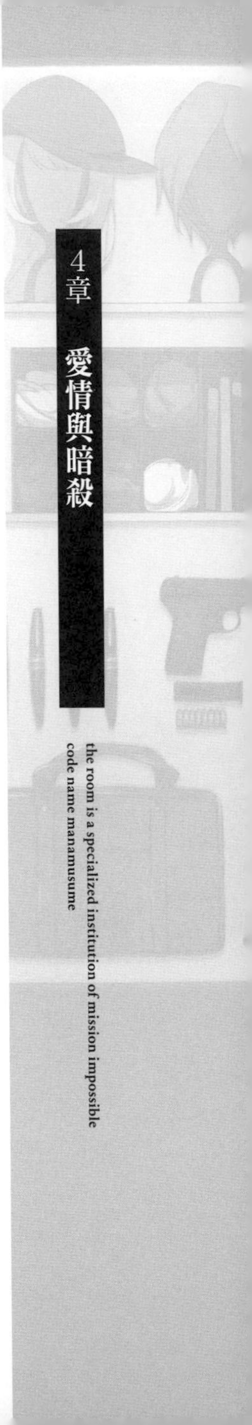

4章 愛情與暗殺

the room is a specialized institution of mission impossible
code name manamusume

奧莉維亞拔腿狂奔。

焦躁與不耐的情緒交織，驅動著雙腿不停奔跑。

沒想到居然會被那個小女孩識破真實身分。

放棄親近有力政治家的立場固然可惜，不過大概也是時候了。必須盡早離開宅邸才行。只要沒出什麼大差錯，那三人應該已經被炸死了。可是，非對峙不可的敵人如今還活著。

（「燎火」……）

只出現過一次的長髮美男子。

迪恩共和國裡最需要提防的間諜。

看穿我真實身分的人，恐怕是那個男人吧。

至於葛蕾特則負責扮演刺客，由「燎火」從外面觀察反應。

奧莉維亞出身於東方的小國。

本名已經不記得了。她在偏僻的鄉村當妓女，本來打算就此終了一生。她的評價雖然好，卻沒有足夠的財力和精力去掌握另一個人生，於是只能希望有一天能被哪位客人娶回家，然後像是被人遺忘地踏進墳墓。在前方等待著她的，就是那樣的命運。

她只能心如死灰地，日復一日地賣身。

轉機到來，是在政治家為了大肆尋歡而迢迢來到鄉下的那一天。

那天，店裡的二十三名客人和女公關——全數遭到槍殺。

偶然在店後面熟睡的奧莉維亞發現那幅慘狀時，已經太遲了。當她被聲音吵醒的時候，屠殺已然結束。天大的慘劇降臨在偏僻鄉村的風月場所裡。

在遍地堆疊的屍體旁，站了一個男人。

男人的臉頰肉被削了下來，模樣宛如死人。

「妳醒來了啊。雖說我用了附滅音器的槍，不過妳的個性還真豪邁呢。」

他用和外表相反的爽朗態度笑道。

「好了，接下來妳就從窗戶往下跳吧。」

「咦……？」

「妳突然精神異常，用客人碰巧帶來的槍到處掃射，最後跳樓自殺。劇情就是這樣，誰也不會發現我的暗殺行動。」
他淡淡地說明。
明明目睹荒唐的景象，奧莉維亞卻不知何故腦袋異常冷靜。
「暗殺……？這裡所有人遭到殺害是有原因的……？」
「不，我的目標只有一個男人，其他的只是順便。」男人露出潔白的牙齒說：「如果只有一名政治家死去，就會被人懷疑是間諜暗殺他。但是，假如有多達二十個不相干的人死掉，就會被當成一般案件了，妳說是吧？」
為了隱匿。
為此我屠殺了無辜的人，男人這麼說道。以迅速俐落得令人心驚的技巧。
他舉著槍，朝奧莉維亞走近。
奧莉維亞往後退，卻馬上就被逼到房間的邊緣，背部抵在窗戶上。窗戶是開著的，而這裡是四樓。一旦往下跳，很難保證還能活命。
「快跳下去。運氣好的話，搞不好還能保住一命。」
低沉的威嚇語氣。
「妳要是拒絕，我就射殺妳，然後嫁禍給其他人。」
定睛環視周圍，似乎有好幾個人仍在苟延殘喘。平時很照顧她的前輩和朋友、收容她的店長、互相發誓將來要在一起的常客，確認他們還有微弱呼吸後，最後她與刺客四目相交。
簡直把人當東西看的冷酷眼神。
在他的直視下，奧莉維亞──渾身發熱。
迥然不同。
和至今看著她的無趣眼神完全不一樣。
──異次元的王子。
自腦中產生的熱度通過背脊，竄往下半身。心臟高聲跳動，溫暖了原本冰冷的肌膚。
「欸，收我當徒弟吧。」
嘴巴動了起來。她幾乎是不假思索地，把手伸向男人的槍。
如今回想起來，也許只是一時興起吧。男人讓奧莉維亞握住槍。
沒有猶豫。奧莉維亞一接過槍，便有樣學樣地開火。目標是奄奄一息的前輩、店長、常客、朋友。她接連給予他們致命的一擊。感覺好痛快。明明是第一次開槍，子彈卻準確地朝瞄準的地方飛去。大概是有這方面的才能吧。人生至此，還是第一次有如此雀躍的感受。莫非這就是所謂的重生？
殺死最後一人後，奧莉維亞笑著對刺客說。
「帶我離開這裡。」

他先是露出有如看見奇特動物的眼神，不久便愉快地揚起嘴角。
從那天起，奧莉維亞成了帝國的間諜。
這便是她與加爾迦多帝國的刺客「潭水」——羅蘭的相遇。

奧莉維亞和羅蘭展開了蜜月之旅。
學習欺騙、殺人的技術，在世界各地到處奔波，獲取高額的報酬。奧莉維亞支援自稱羅蘭的刺客，必要時自己也會提槍上陣，兩人聯手一共殺了好幾十人。
每次達成任務，羅蘭都會和奧莉維亞上床。他是後來以「屍」這個名號為共和國所害怕的刺客高手。一想到自己身處在那樣的他懷裡，奧莉維亞就籠罩在令人悸動的幸福之中。
殺戮的日子、龐大的金額，以及來自最頂尖刺客的至高寵愛。
那些全是在偏僻鄉村所得不到的。

「妳最好要小心某個男人。」
不久之後，當奧莉維亞習得熟練的技術時，羅蘭對她發出了警告。那正好是奧莉維亞在名為烏維·阿佩爾的政治家手下工作，好不容易終於取得對方的信任，開始將機密情報洩露給帝國的時候。

他提起那名迪恩共和國最強的間諜。

「我告訴過妳，我國的間諜毀滅了『火焰』吧？可是呢，聽說唯獨讓一人給跑了。後來雖然曾經以生化武器為誘餌，企圖暗殺他，卻連那項行動也宣告失敗。就現階段而言，那個男人是迪恩共和國裡最需要提防的間諜。」

他用削瘦的臉龐繼續說：

「『燎火』、『塵王』、亞克斯、榮恩、『冷徹』、『鐵撬』——他雖然有好幾個化名，不過基本上都是使用克勞斯這個名字。幸好，我有他的照片。」

羅蘭拿出一張照片給奧莉維亞看。

可能是偷拍的吧。一名青年以放鬆的姿態，正面露出笑容。簡直就像將他與家人談笑的瞬間擷取下來一般。

這張照片似乎是和他相當親近的人所拍攝——

「欸，我有個疑問。」奧莉維亞將那張照片烙印在眼底一面詢問。

「什麼疑問？」

「我記得是這傢伙的師父背叛了他們對吧？明明連照片都有了，怎麼會殺不死他呢？」

「何止照片，連他生活的地點都查到了呢。」

「既然如此——」

「因為這麼想而送去的間諜全都被捕——恐怕是這個男人幹的。」

原來如此，那個住處是陷阱啊。

對方大概是反過來利用情報外洩這一點，設下了圈套吧。

羅蘭深深地點頭。

「假使妳遇見這個男人，要馬上跟我聯絡。」

「也對，如果是你，這種小國的間諜根本不算——」

「不，這個男人跟我不相上下。」

無法置信。

奧莉維亞知道羅蘭的實力有多堅強。就她所知，他擁有最頂尖的暗殺技術，能夠贏過他的間諜只有「蛇」——不對，奧莉維亞始終相信羅蘭的實力更勝那種神祕兮兮的間諜團隊。

「我有種命中注定的感覺……那個人終於出現了。妳都不知道我等得有多心急。」

羅蘭一臉陶醉。

「他有資格成為我的對手。至今從來沒有人能夠和我競爭，害我好無聊呢。」

「對手……？他的實力足以媲美你？」

「我有預感，我會和他纏鬥很久。」

那大概是超一流間諜才有的直覺吧。

的確是命中注定。

「燎火」一詞是那個男人的象徵。

和羅蘭的代號「潭水」成對。

火與水——絕不相容的兩個存在。

羅蘭朝奧莉維亞伸出手，她就這麼依順地被摟進他懷裡，和他親吻。

「所以，親愛的，妳千萬要提防這個男人。」

在耳畔這麼呢喃之後，他將一只胸針交給奧莉維亞——

所以奧莉維亞開始逃跑。

既然自己的身分已經曝光，就沒有理由再待在宅邸。

她跑進圍繞宅邸的樹林裡。所幸，月亮出來了。即使沒有照明，受過訓練的間諜仍可在那樣的亮度下行動自如。只要穿越樹林、逃到山裡去，就能活命。

總之，不可以戰鬥。

因為對手的實力和羅蘭不分軒輊——

◇◇◇

「……總之，不可以戰鬥。因為對方的實力和屍不分軒輊——」

「…………」

「——奧莉維亞小姐現在心裡大概是這麼想吧……」

葛蕾特以沉靜的口吻說道。

席薇亞和百合在宅邸旁一起聽她解說，四周飄散著火藥的殘存氣味。庭院裡，烏維正困惑地大聲嚷嚷，不過現在不是理會他的時候。因為要是被發現解釋起來很麻煩，於是席薇亞等人躲在建築後面。

「——原來是這麼回事。」

聽完她的說明，席薇亞明白了。感覺一切都串起來了。

回頭想想，其實也不是沒有怪異之處。

「妳真的很猛耶……」

「……謝謝誇獎。」

葛蕾特微微低頭致謝。

「咦？什麼意思？」

可能是跟不上話題吧，百合一副慌張的模樣。

「妳說老師不在？但我們在這棟宅邸見過老師好幾次對吧？連莎拉也和老師見過面——」

「那些全部都是葛蕾特扮成的。」

席薇亞說出真相。

這名同伴除了女僕、刺客外，還扮演了另一個角色。

「我們在這棟宅邸周邊見到的老師，全部都是葛蕾特。」

「什麼……」百合目瞪口呆。

看來，連一度識破變裝的她也沒能看穿這一點。會僵住也是正常的。

尤其令人難以置信的是第一次襲擊。當時，她扮演刺客，利用陷阱絆住席薇亞兩人，然後再若無其事地變裝成克勞斯，出手相救。簡直是行雲流水般的神技。

「明明離得那麼近，我卻真的完全沒有看出是妳。」

葛蕾特把手放在胸口上。

「……因為我將老大的呼吸、眨眼，甚至是一根頭髮，都一絲不漏地記住了。」

「妳真的好厲害喔！」

「……因為我很擅長扮男裝。」

「妳是不是對我懷恨在心？」
百合立即吐嘈眼神落寞的葛蕾特。
這個問題感覺已造成兩人很深的隔閡，不過——
「……總之，老大現在應該在很遠的地方。」
葛蕾特開口總結。
克勞斯不在——席薇亞也想像出其中的原因了。
「他去殺死刺客對吧？」
席薇亞注視著葛蕾特。
「潛伏在這棟宅邸裡的不是屍，而是屍的同夥——奧莉維亞。」
奧莉維亞和屍顯然不是同一人。
外表和報告書上寫的相差太多了。她應該是屍的同夥才對。
如果是這樣，那就可以想像克勞斯的去處了。
「老師把逮捕奧莉維亞的工作交給我們，自己則去和屍作戰。是這樣對吧？」
葛蕾特點頭答是。
百合始終一臉驚慌。
「咦？那老師到頭來還是單獨去挑戰屍嗎？選拔四人只是謊言，他還是不依靠同伴——」

「不是謊言，他的確選出了四個人。」

席薇亞搖頭。

他確實選出了四名優秀成員。

「他帶著四個人去殺死屍了——我們以外的那四人。」

「燈火」不在這裡的其餘四人——緹雅、莫妮卡、安妮特、愛爾娜。

留在陽炎宮的四人，才是真正獲選的四人。

就連百合似乎也察覺真相了。只見她茫然地張著嘴，僵在原地。

席薇亞像是要回應她那副表情地低喃：

「簡單來說，就是我們被排除在成員之外啦。」

語氣不由得變得落寞。

任務的上場景在另一邊。

此時此刻，克勞斯大概正和四名少女一起和屍展開激戰吧。

為什麼不成熟的我們四人會被選中？關於這個謎題，恐怕沒有比這更簡單的回答了——我們是因為不成熟才沒被選上。僅此而已。

「——好極了。」

甫做出這個結論，一道低沉而響亮的說話聲傳來。

轉頭望去，是葛蕾特發出克勞斯的聲音。

「——是我，我事前拜託葛蕾特傳話給各位。抱歉騙了妳們。讓潛伏在宅邸裡的敵方間諜誤以為我在附近，是保護妳們安全的最好辦法，應該可以發揮牽制敵人的效果。」

簡直就像錄音機。說話聲以他的口氣、聲音，從葛蕾特口中發出。

「——沒有帶妳們去出任務，我很抱歉。所以，請至少讓我解釋一下這麼做的理由。」

席薇亞和百合緊張地屏住氣息，等待後續。

非得聽聽他怎麼說，否則實在無法接受。

「——首先是席薇亞，她的右手臂受了傷，帶她去和屍戰鬥讓人不太放心。若不是有傷在身，我也很想選她。實在非常可惜。」

「…………」

「——莎拉手下的動物非常優秀，可是本人的精神令人堪憂。我相信她那份傑出的才能有朝一日一定會覺醒，不過現在時機尚早。」

「………」

「——百合就不用說了，她的失誤太多，而且實力也會隨狀況好壞大幅增減。她的爆發力和天生強大的精神力確實令人眼睛為之一亮，但是我認為不適合和屍交手。」

「…………！」

克勞斯的話句句命中紅心。

無可反駁。席薇亞咬著嘴唇，壓抑翻騰的情緒。

自己沒有特別聰明的腦袋。儘管克勞斯沒有明講，但想必是認為受傷的自己沒有價值吧。一旁，百合同樣緊抿雙唇，難得露出嚴肅的表情。她的內心想必也懷著深深的不甘。

——我們沒有被克勞斯選上。

清楚擺在眼前的事實堵住胸口。

席薇亞有一股衝動，好想將無處發洩的情緒一吐為快——

「——但是，我會做出這個決定，當然不是只有看不好的一面。」

葛蕾特大聲地說。

赫然抬頭。

像是在說「現在開始才是真正要傳達的重點」一般，葛蕾特提高音量。

「——妳們四人和同伴合作的能力非常高，能夠透過和他人合作發揮真正的本領。妳們的敵人，應該是繼承屍的本事的徒弟，實力十分堅強。如果要選出能夠在沒有我的狀況下與之對抗的四人，我認為就只有妳們了。」

最後，葛蕾特以克勞斯的語調果斷地說。

「——不要依靠我的力量，打倒刺客的徒弟吧。妳們一定辦得到。」

葛蕾特恢復原本的語氣，說：「……以上就是老大要我轉達的話。」

席薇亞口中吐出氣息。

不是嘆氣，而是輕笑。

從克勞斯的口信中，可以感受到他獨有的誠意。話中完全沒有使用「不自覺」這幾個字。拙於言辭的他，大概很努力地將想法化為言語吧。

（也對……因為你就是那樣的男人嘛。）

看穿少女們的不成熟和不適，冷靜地關注並引導她們。

（所以，我才會決定留在你的團隊裡……！）

熱能從體內源源不斷地湧現。

席薇亞「哈！」地一笑，舔舔嘴唇。

「這不正是個好機會嗎？再說，這次的起點，本來就是因為我們對老是依靠他的現狀感到不滿。就算沒有他，我們也非打倒一個敵人不可。」

「說得也是。我一定要讓他後悔自己沒有帶天才百合去！」

百合也志得意滿地附和。

葛蕾特一臉感到不可思議地揚起眉毛。

「……我還以為妳們會很沮喪。」

席薇亞和百合使了個眼色，異口同聲地說：

「「──我們反而燃起鬥志了。」」

雖然沒有被選為揭發屍的成員，但是就某種意義上，沒有比這更深的信賴了。

狀況已確認完畢，再來就只剩下付諸行動。

──不能讓奧莉維亞逃了。

「我和百合去追。葛蕾特，作戰計畫就拜託妳了。」

席薇亞轉移視線──

「……然後，莎拉就繼續照顧牠。」

對蹲在不遠處的少女下達指示。

「…………」

莎拉沒有回應。

她正拚命地照顧受傷的寵物。

儘管不是在極近距離下，老鷹巴納德仍受到爆炸波的波及。翅膀朝不正常的方向彎曲，碎片刺入了腹部。在席薇亞看來，實在不認為有辦法救回來。

——現在還是先別跟她說話好了。

正準備離開之時，莎拉站起來跑向席薇亞，把某樣東西塞給她。

「那、那個！這孩子是強尼先生，牠能夠追蹤氣味！」

那是一隻小型犬。是有著美麗黑色毛髮的品種。

莎拉淚汪汪地哽咽說道：

「小、小妹就跟老師說得一樣，不像前輩們那麼勇敢，現在也不想離開巴納德先生身旁，所以，雖然很沒用，但也只能幫上這點忙——」

「已經非常足夠了。要是沒有妳，我們所有人早就沒命了。」

席薇亞撫摸她的頭，答應一定會替她報仇。

莎拉在席薇亞的手底下用力拭去淚水，之後馬上又回到老鷹身邊。

「最後一個問題。葛蕾特，妳和奧莉維亞的感情很差嗎？」

聽到席薇亞這麼問，百合也接著說：「啊，我也有注意到。」

她們兩人之間似乎發生過爭執。

葛蕾特聳聳肩膀。

「……因為她曾經問我：『我可以收下老大嗎？』」

席薇亞和百合同時笑了出來。

「這下真的是不能輸了。」「得讓她知道什麼叫做不自量力才行。」

奧莉維亞的話應該只是開玩笑。

但是，肯定就是因為是開玩笑，才會激怒了葛蕾特。

比起什麼國家還有任務，克勞斯的信任、莎拉的巴納德、葛蕾特的愛情更令她們振奮。

席薇亞和百合脫掉女僕服，同時迅速換上一直藏在身上的任務服。已經沒有必要掩飾真實身分，而且任務服比女僕服來得貼身。

「我們就來證明，即使沒有老師，我們依舊是最強的吧。」

「還要為了傷害同伴一事做出了斷。」

兩名間諜同時露出無畏的笑容，朝森林中跑去。

◇◇◇

奧莉維亞在森林的中段喘息。

應該已經距離烏維的宅邸超過一公里了。這麼一來，就算「燎火」發現少女的遺體，也追蹤不到她的所在之處。

她停下腳步，確認自己的裝備。

裝備只有香菸、打火機、兩把刀和自動手槍。子彈僅有八發。雖然有點不放心，不過這樣的裝備以匆忙逃離來說算是相當足夠。接下來就是緩緩穿越森林、刻意讓敵人超越，然後在城裡襲擊旅客、搶走金錢和護照，返回帝國。

儘管不想引人注目，想要抽根菸的慾望還是戰勝了理智。

可是，就在她叼著香菸點火時，耳朵捕捉到了聲音。

踩踏落葉的沙沙聲傳來。

是野豬？還是鹿？她左手持刀、右手拿槍，擺出架式。

腳步聲有好幾個，其中一方似乎是小動物。接在後面的是，用雙足步行的——？

「難不成——」

是「燎火」來了？

她想到最壞的可能性，然而現身的卻是出乎意料的人物。

「──嗨。」

白髮少女──席薇亞。

她以一身行動方便的服裝，從樹後面衝出來，即刻開槍。

她的子彈命中奧莉維亞迅速藏身的樹幹。

「別逃了，奧莉維亞小姐。」

她的腳邊，有一隻黑色小狗正在待命。

是追蹤氣味而來的嗎？太大意了，沒想到對方居然會帶動物來。

不，比起那個，更重要的是──

「妳還活著……？妳是怎麼躲過手榴彈──」

「因為我有優秀的同伴呀。連敵人死了沒都不確認，妳太粗心了。」

「說得也是……」

「還是說──妳是因為害怕誰才想盡快逃跑呢？」

「……」

被說中了。

少女似乎看穿了奧莉維亞的意圖。

「用不著我們家老大出場啦——妳由我來對付就好。」

「妳可真是瞧不起人啊。」

兩人對話的地點，是常綠樹生長茂密的森林。

距離約莫二十公尺。雙方之間矗立著好幾棵松樹，恰好成了障礙物。雖然想要發動槍戰，但是奧莉維亞不想對少女這樣的小角色浪費珍貴的子彈。

她握緊刀子。

「我的確是在提防妳的老大，因為他是羅蘭認同的對手。」

「羅蘭？」

「就是妳們口中的『屍』的名字。我不許妳們再那樣叫他。」

剛才偷聽時心裡好不愉快。

奧莉維亞無法容忍別人用那種胡鬧的名字稱呼他。

「居然把名字說出來，這樣好嗎？」樹後面傳來席薇亞的笑聲。

「沒關係，反正我待會兒就會殺了妳。」

奧莉維亞沉下腰。

「羅蘭可沒有命令我提防囂張的小鬼。」

不管是聒噪的白髮女、冒失的銀髮女，還是陰沉的紅髮女，其實奧莉維亞都討厭到要吐了。說不定，她老早就在等待這樣的機會到來。

「——去死吧。」

此話一出，奧莉維亞從樹後方衝出來，朝著席薇亞躲藏的地點擊發子彈。

席薇亞即刻還擊。奧莉維亞利用槍聲，正確掌握她的所在位置。

然後一口氣拉近距離。

途中，席薇亞又開了兩三槍，但是奧莉維亞穿梭在樹縫間，她的子彈因此遭到遮蔽物阻擋，只有樹木表皮擦過奧莉維亞的臉頰。

奧莉維亞只用了一發子彈來威嚇。殺死小鬼頭不需要用到更多子彈。

「羅蘭是最強的刺客。」

奧莉維亞面露微笑。

「而我這個徒弟學會了他的技術。」

將槍收進腿掛槍套，空出一隻手。

她逼近席薇亞眼前。席薇亞雖然自始至終都將槍口對準她，但是兩人的距離已非最適當的射程。這是依賴槍枝的外行人的舉動。

奧莉維亞用刀子搪開席薇亞的槍。

接著立刻以空出的手一拳毆打她的臉頰。她輕盈的身體輕易地倒下，在山坡上翻滾著。

那一拳的力道相當強勁。

——果然不是對手。

終究只是小鬼頭。大概不熟悉間諜之間的格鬥吧。

沒有時間了，還是趕緊用刀子取她性命吧。

席薇亞可能是頭撞到了地面，口中發出痛苦的哀號，到現在還站不起來。她按著臉頰，「可惡！錯估實力了」地呻吟。

奧莉維亞往地面一蹬。

朝席薇亞白皙纖細的頸子揮舞利刃。她眼前甚至已經出現幾秒鐘後少女喪命的幻影。

這時，她聽見一道凜然的說話聲。

「奧莉維亞小姐，妳比我想像中要弱好幾級耶。」

席薇亞消失了。

刀子最終揮空。

（咦……？）

腦袋頓時當機。不是因為對方閃過必殺一擊而震驚。

體內淡淡地湧現毛骨悚然的感覺。

簡直好比她的身體消失了一般——

當奧莉維亞還無法理解狀況，身體忽地飄浮在半空中。她的雙腿被絆倒了。

她伸出手想要採取護身倒法，卻因為途中手被抓住而做不到。她就這麼被敵人抓著手臂，一屁股重重摔落在地。

「滿是破綻。」

冷淡的說話聲從頭頂上方傳來。

糟糕。

才這麼心想，手臂就被鬆開，隨後就感覺到刀子朝左肩逼近。她在千鈞一髮之際扭身閃避，背部還是被砍中。好熱。出血的傷口令人疼痛。雖然不是重傷，但也受了相當程度的傷害。

奧莉維亞急忙和席薇亞拉開距離。

對方神色從容，沒有立刻追上來。

「因為最近見過那傢伙的真本事，所以感覺妳動作好慢喔。」

「…………！」

奧莉維亞瞬間咬了咬嘴唇，不過隨即就放鬆下來。

（沒道理為了這種對手自亂陣腳，不管怎樣一定有辦法對付的。）

儘管不由得為她的速度感到吃驚，但是沒必要因為這點程度就失去冷靜。

只要保持距離，形勢就對我方有利。

（她好像是故意扔掉槍，發動奇襲……結果卻失敗了。）

相同手法無法再用一遍。

更重要的是——

（要是我再次拉開距離，沒了槍的妳是要怎麼獲勝？）

雖然想節省子彈，但是沒辦法了。

她往後撤步，和席薇亞拉開距離。

逃到槍而非刀子的最適攻擊範圍內——可是，她太疏忽了。

奧莉維亞準備握住腿掛槍套裡的槍，手卻撲了個空。

「咦……？」

「抱歉，如果是妳大腿上的槍——」

視線前方，席薇亞臉上浮現深沉笑意。

「——我已經偷走了。」

在她左手裡的，是奧莉維亞的自動手槍。

她毫不猶豫地開槍射擊。

◇◇◇

百合獨自一人在森林裡奔跑。朝著槍聲響起的方向，不停狂奔。

「明明兩個人一起鼓足了幹勁，結果沒想到我居然被拋下了……」

明明是同時出發，卻在轉眼間拉開了距離。身體能力相差太多了。

看樣子，席薇亞就這麼單槍匹馬地和奧莉維亞展開了戰鬥。

她大概幹勁十足吧。

（畢竟如果只論格鬥，席薇亞真的非常厲害……）

卓越的身體能力，以及什麼東西都偷的壞習慣。

以格鬥術來說，是少女們之中最強的。倘若陷入一對一的局面，就只能由她獨占舞台。

「燈火」的戰鬥負責人。

只要對手不是克勞斯或基德這種不尋常的強者，應該都能打得平分秋色，甚至於占上風。

「那隻白髮猩猩真的只會靠蠻力發光耶～」

百合脫口說出假使被本人聽見，應該會挨揍的話。

一邊心想，自己能否辦到相同的事情。

「…………我就認同她是我的左右手吧。」

然後這麼認定。

——給我閉嘴。

雖然感覺到席薇亞在腦中吐嘈自己，她決定無視。

◇◇◇

子彈劃過奧莉維亞的右臉頰。

自豪的臉蛋受了傷，熊熊怒氣令她渾身發熱。可是，必須冷靜才行。因為現在是生死交關的重要時刻。

她與席薇亞之間的距離，以刀子交戰來說太遠，對閃避子彈來說又太近。

——最不利的距離。

因此，她背對席薇亞，全力朝大樹的方向跑去。並且為了避免被瞄準，於是畫圓似的奔跑，試圖盡可能地逃離子彈。土壤和樹枝在她的腳邊、耳畔迸裂飛濺。

席薇亞毫不吝惜地使用奧莉維亞特地保留下來的子彈。

可能是打算在此一決勝負吧。如果是奧莉維亞，她就會這麼做。奧莉維亞將羅蘭教導給她的所有技術都用來逃跑。

「……！」席薇亞的咂嘴聲從背後傳來。

席薇亞擊出最後一發子彈時，奧莉維亞正好躲到了大樹後面。

結果，傷到她的就只有最初劃過臉頰的那一發——

（不擅長射擊……？明明擁有那麼好的身體能力？）

為了九死一生感到安心的同時，心中也產生了疑問。

假使席薇亞和自己的立場對調，自己一定能夠確實殺死對方。

沒理由故意讓對方逃跑。

（好奇怪……）

莫名感到不對勁。

（說起來，她剛才為什麼要放開我的身體……？）

席薇亞剛才的奇襲。

她抓住奧莉維亞的手臂，使其陷入窘境。可是席薇亞在揮刀的瞬間，不知為何卻放開了奧莉維亞的手。

「就如同自己未必能夠隨時保持最佳狀態，敵人也未必能夠如此。」

奧莉維亞回想起羅蘭的教誨。

「最好先記住敵人是用哪隻手。」

席薇亞從剛才開始使用的——都是左手。

奧莉維亞的口中發出笑聲。

她從大樹後面走出來。

席薇亞應該已經沒有子彈了，如今的她已不足為懼。

即使還有子彈，憑她的技術八成也打不中——

「妳當女僕的時候掩飾得非常好呢。」

奧莉維亞對板著臉孔的席薇亞笑道。

「妳的慣用手是右手對吧？是不是受傷了？」

「！」

那個反應，讓奧莉維亞確定了自己的猜測。

——現在的她，沒辦法好好地進行格鬥。

不會再大意了。也沒必要在意子彈。

奧莉維亞只要從容不迫地將獵物逼上絕路就好。

席薇亞一臉不甘心地把手槍往山裡一扔，左手持刀。但是她並沒有朝奧莉維亞衝過來，就只是沉下身子，不停地往後退。

奧莉維亞追上前去，用刀子和她纏鬥。

隨後朝著她的腰部，使出一記中段踢擊。那是只能以右手臂防禦的猛力攻擊，席薇亞因此發出哀號。

「哼，妳不是說我比想像中要弱好幾級嗎？」

「！」

「還敢嘴硬！」

接著奧莉維亞拿著刀子，打算刺穿席薇亞的臉。

席薇亞火速阻擋，結果刀子被彈飛出去。

「哎呀，真可惜。妳還有武器嗎？」

「用不著妳擔心。」

席薇亞退向後方，露出笑容。

「──我已經偷走了。」

她把手伸進口袋，那裡藏著奧莉維亞的備用刀。

她似乎又在一瞬間偷走了。

「該死的小偷……」

這麼一來，奧莉維亞的武器就只剩下現在手裡那把刀。

可是，沒什麼好怕的。

形勢已經逆轉。沒有理由會打輸這場格鬥。

右手的動作全部都是虛張聲勢。既然知道這一點，就沒什麼大不了的。

「就算偷走武器也一樣啦。妳是贏不了我的。」

「……這種時候只能撤退了。」

席薇亞吐了一口口水，之後便轉身往後跑。大概是想逃走吧。

只遲疑了一秒——奧莉維亞選擇追上去。

奧莉維亞對席薇亞的評價改變了。她有朝一日也許會對帝國造成威脅。為以防萬一，應該現在就剷除掉愛人的阻礙。

況且——

「那邊是懸崖喔。」

「什麼……！」

席薇亞逃跑的方向前面有斷崖。

松樹林消失的瞬間，視野頓時變得開闊。既然都把人追到這裡了，殺死實力不如自己的對手簡直易如反掌。

「妳不知道嗎？」

奧莉維亞語帶嘲諷地說。

「『要詳細掌握任務地的地形』——我學到的是如此。」

「我是學到『要像憐愛嬰兒一般愛著任務』啦。」

「那是什麼意思？」

「我才想問咧。」

席薇亞望向懸崖下方，嘆了口氣。

那不是無法靠著道具下降的高度，不過她似乎沒有準備。

「——妳沒有被愛著呢。」奧莉維亞笑道。

「啥？」

「我和那個神經質女講話時也是這麼覺得。」

「……我姑且確認一下，妳是說葛蕾特嗎？」

「妳們沒有被人疼愛。」

奧莉維亞把手貼在自己胸前。

「羅蘭將他所有的技術都傳授給我，『燎火』教了妳們什麼？」

「……我想不出具體的例子耶。」

「那麼，他有和妳們上床嗎？」

「唔！拜託不要害我想像奇怪的畫面！」

「羅蘭和我上床過好多次。對我傾注他的愛、技術，還把所有我想要的東西都給我。如果有不懂的地方，就反覆地解釋、說明、指導我。」

那是少女們絕對接受不到的教育。

奧莉維亞傾斜身體。

「——因為我被愛著，所以也學會了感應殺氣。」

下一刻，槍聲響起，子彈掠過奧莉維亞身旁。

百合舉著槍，從樹林深處探頭。

「就是因為這樣我才討厭天才啦。」

原來她也還活著。

既然如此，或許也該把葛蕾特當成還活著了。

「沒想到連妳也是情報員。」

「妳好，我是假扮女僕的百合。」

百合右手舉槍，左手握著某樣東西。

黑暗之中，那樣東西反射了月光。

十公分長的針——前端濕潤，恐怕是毒藥吧。

「好了，接下來可要拿出真本事了。我們要讓妳瞧瞧最強搭檔的厲害。」

百合愉快地笑著，席薇亞也舉起刀子。

她們平時感情就很好，彼此應該很有默契。

但是，沒問題。

自己有羅蘭的教誨。

「如果是二對一，要讓自己處在被夾擊的位置上。」

奧莉維亞站在席薇亞和百合兩人相連的直線上。

百合的表情沉了下來。

光是如此，百合就無法使用手槍。因為她一旦開槍，很有可能會打到同伴。

再來只要以格鬥術制伏敵人就好。

一如夾擊的原理，她們應該會同時撲上前來。

「要上了！」百合大喊，「好！」席薇亞回答。

絕佳的默契。

率先採取行動的是席薇亞。她用唯一能夠正常使用的左手緊握刀子，撲了上來。儘管速度驚人，但既然知道她無法使用右手就有辦法對付。

奧莉維亞站在她的正前方，擋下攻勢。

可是，那一擊激烈得超乎預期，大概是竭盡了全力吧。奧莉維亞的刀子彈了出去。

「有機可乘！」

百合從背後刻意嚷嚷著有破綻，一邊衝過來。

她的動作不如席薇亞那麼靈活，奧莉維亞只要挪開身子就好。

「奇怪？」

「咦？」

少女們似乎無法理解在奧莉維亞的引導下，發生在眼前的事實。

百合的針深深地刺中了——刺中席薇亞的大腿。

席薇亞的臉色立刻變得很差。

「……妳這渾蛋……」

看來毒性相當強。

她全身上下汗水直噴。身體痙攣，雙眼也逐漸失焦，腳步開始變得搖搖晃晃。

「誤傷隊友啊。」奧莉維亞笑了。「這還真是我見過最差勁的搭檔了。」

已經到了可悲的程度。

奧莉維亞老神在在地重踢百合的下顎。

針從她手中掉落。

奧莉維亞觸碰針，用指尖撫摸針的尖端。

觸碰到的皮膚立刻開始潰爛。

「這玩意兒毒性好強啊。」

一旦中了這種劇毒，恐怕一下子就會沒命吧。

「真不巧，我的武器被偷走了，算妳好運。」

「還、還給我——」

「好啊，我還給妳。」

奧莉維亞將毒針扎進百合的手臂。

她也和剛才的席薇亞一樣臉色發白、大口喘氣，以無力的雙腿踉踉蹌蹌地移動。

「水，給我水……」

嘴裡夢囈似的呢喃。

「妳就算逃跑，那邊也是懸崖啦。」

根本不是對手。

百合靠在意識同樣朦朧的席薇亞身上。
兩人就這麼雙雙墜落懸崖。
為了以防萬一，奧莉維亞窺視了懸崖底下，結果因為天色太暗而無法確認遺體。
可是，這次應該沒必要那麼做。
中了那種劇毒，又從高達數十公尺的懸崖墜落，不可能有機會生存。
肯定是命喪黃泉。
比賽已經結束，是奧莉維亞大獲全勝。
（不過話說回來，好奇怪啊……）
收拾完兩名少女後，她開始在意起另一件事。
（為什麼不是「燎火」，而是這兩名少女賭上性命來挑戰我呢……實力差距分明一目瞭然……最後只會落得被無情殺害的下場。）
奧莉維亞之前一直猜測那個男人就潛伏在附近，但是——
（我第一次看見「燎火」的那天……不在場的人……擅長變裝……感覺擅長扮男裝的體格……）
沒一會兒，她很快就導出結論。
「——『燎火』不在這裡。」

既然如此，那就沒什麼好怕了。

（原來如此……是為了提防帝國的間諜啊……）

想通敵人的手法之後，她不禁笑出來。

同時也對差點夾著尾巴逃跑的自己感到羞恥。真是好險。

「我要殺了妳，神經質女。」

百合和席薇亞都死了。接下來，只要殺死葛蕾特就好。

這麼一來，就不會有人知道自己的祕密——

要和那個紅髮小女孩一決勝負。

◇◇◇

懸崖底下躺著兩名少女。

白髮少女的舌頭癱軟地垂掛在嘴巴外面，翻著白眼倒在地上。儘管全身不時抽搐，表現出好像還活著的反應，然而漸漸地抽搐的間隔也拉長了。

另一名銀髮少女則是全身動也不動，彷彿睡著似的閉著眼睛，仰躺在地。扎進手臂的毒針沒有被拔出來，依然深深地刺在手臂上，但是——

「——嘿咻。」

銀髮少女百合吆喝一聲坐起身。

確定四下無人後，她開始照料躺在旁邊的搭檔。百合拿出解毒劑替席薇亞注射，硬灌她水，並且毫不客氣地拍打她的臉頰。

「呀！」

白髮少女席薇亞清醒過來。

「啊啊啊！我還以為死定了——」

這麼大喊一聲後，她隨即趴在地上嘔吐。雙腿抽搐，完全站不起來。

「事實上，這種毒藥的確會讓人幾乎呈現假死狀態。妳不要太勉強自己。」

「嗚噁……」席薇亞吐出胃裡的東西。「那妳呢……？」

「我事前有喝解毒劑，所以有抗藥性。」

百合「耶～」地比出V字形手勢。

「不過嘛……我還是沒辦法離開原地半步就是了。」

百合對毒藥有抗藥性。

她抱著墜落懸崖的席薇亞，採取了護身倒法。途中，她用鐵絲勾住崖壁，減緩墜落的衝擊。

「謝啦。剛才要是繼續打下去，我肯定會沒命。」席薇亞一口氣喝光百合遞來的水。「虧妳居然準備了給同伴用的毒藥。」

「之前誤用毒針扎老師那件事，給了我這個靈感。」

「靈感來源好糟！」

接著，席薇亞瞪向懸崖上方。

「有成功騙倒她嗎？如果要說覺得哪裡不滿意，其實我很想讓她再多受點傷……」

「有的，和計畫得一樣。奧莉維亞小姐已經回去宅邸了。」

百合和席薇亞完美地達成了任務。

——和奧莉維亞戰鬥，並且在她面前死去。

由席薇亞偷走所有武器，誘使她使用百合的毒針。見到少女被毒針刺中、墜落懸崖，奧莉維亞肯定會認為她們這次真的死了。

然後，她想必會察覺克勞斯並不在這裡——

「我們的計畫應該不會被識破吧？畢竟就算是我，平常攻擊時也不會大喊『有機可乘！』這種話。」

「妳偶爾會那麼喊喔。」

「看來，我平時扮演冒失鬼的演技果真派上用場了。」
「那分明就是妳的本性。」
接連吐嘈之後，席薇亞坐起身子。
她們兩人已完成任務，接下來就交給葛蕾特了。
如今再怎麼慌張，她們也動彈不得，只能祈禱同伴成功。
「……我問妳，葛蕾特真的沒問題嗎？」
席薇亞看著坐在旁邊的百合。
「她不擅長格鬥，不是嗎？她打算怎麼贏過奧莉維亞？」
她是頭腦派的人，運動神經並不出色。即使在「燈火」裡，格鬥術的技巧也是倒數幾名。
她不可能憑著打鬥勝過奧莉維亞，那麼做只會害自己喪命而已。
「嗯，我倒覺得不需要擔心喔。」
可是，百合回答的口氣卻十分開朗。
「妳真是……」席薇亞表情一怔說：「又這麼悠哉——」
「因為決心不一樣啊。」
百合喃喃地說。
「不管是制定計畫、指揮、指導、成為同伴精神上的寄託，還是在最後一步制伏目標——她全都完美扮演了老師，將那些工作承接下來。我不認為心理素質那麼強大的人會輸。」

席薇亞握緊拳頭。

她當然明白葛蕾特的決心。

成為世界最強的分身——

面對如此異想天開的點子，席薇亞只有被折服的份。

「我是知道她很厲害啦！」席薇亞開口。「可是不管怎麼說，她連走路都搖搖晃晃的耶。更別說她本來就沒什麼體力了。」

若是沒有百合的關心，葛蕾特一副隨時都會昏倒的樣子。

然而，她卻語氣堅定地宣示。

——只要奧莉維亞小姐回到宅邸，屆時就由我直接和她對決。

她打算憑自己疲憊不堪的身體，獨自迎戰敵人。

百合大大嘆了口氣。

「現在也只能相信我們的參謀啦。」

然後望向宅邸的方向，泛起溫柔的微笑。

「妳就好好地表現，然後受老師誇獎——被老師疼愛吧。」

◇◇◇

森林中響起的槍聲，也傳進了葛蕾特耳裡。

應該是席薇亞等人在戰鬥吧。

儘管實力仍是未知數，但對手畢竟是現役間諜，和少女們這種剛從培育機關暫時畢業的人不一樣，肯定是強敵無誤。

由席薇亞打倒對方是最理想的，不過這種狀況恐怕不會實現。光是要受傷的她去作戰就夠殘忍了。對於沒有表現出一絲不情願、勇敢迎擊對手的她，葛蕾特的心中只有感謝。

——奧莉維亞將回到這裡。

葛蕾特已做好迎戰的準備。可是，無論有多大的自信，不安依舊籠罩心頭。

（這就是老大所背負的責任……）

代替克勞斯構思對策。

代替克勞斯下達指示。

代替克勞斯與敵人對峙。

因為徹底扮演他，才又重新領悟到他所背負的責任。

一個又一個的責任變成重擔，壓垮身體。

（……要是可以拋下一切逃走，不知該有多輕鬆啊。）

葛蕾特緊握住當成護身符的鋼筆，腦中浮現與他的對話。

「對方是凶殘的刺客。為了抑制風險，我必須帶四名優秀成員去才行。我希望妳能和其他三人找出屍的同夥，打倒對方。妳辦得到嗎？」

對於克勞斯的這個問題，葛蕾特不假思索地回答：「我接受這件任務。」

因為她早已下定決心。

——我要成為能夠讓老大撒嬌的人。

可是，那份決心如今卻不禁動搖。

恐懼從內心深處無限地溢出。

好害怕。好害怕。好害怕。好害怕。好害怕。好害怕。好害怕。好害怕。好害怕。好害怕。

好害怕。

希望克勞斯陪在身邊，保護自己、救助自己。

希望他摟住自己發抖的肩膀，片刻不離。

（好想要……現在就逃走……）

但是阻止她那麼做的，也是克勞斯的一番話。

「妳可以逃走。」

他表情平靜地說。

「到時我會自己一人解決。雖然現在還沒有找出具體對策，不過應該想得出來才對。沒問題，只要將睡眠時間減少為兩小時，一定會有辦——」

葛蕾特再也聽不下去，搖搖頭打斷他。

「……我不會逃走。」

她在體內灌注精力，激勵被膽怯侵襲的自己。

（我若是這個時候逃走，老大一定又會亂來……）

結果可想而知。

為了保住同伴的性命，為了守護家人所深愛的國家，他勢必會勉強自己獨力扛起一切。

即使自詡為世界最強，他也還是個人，總有一天會遭到反噬。

然後，他會喪命。就和他的同伴一樣。

（……所以，我現在必須挺身對抗敵人。）

對手是什麼樣的敵人都無所謂，反正葛蕾特已經和克勞斯約定好了。

「你可以答應我一個請求嗎……？」

任務出發前不久，葛蕾特提出要求。

「假使任務達成了，到時你可以抱抱我嗎……？」

克勞斯皺起眉頭。

他難得露出那種表情，好像正在煩惱該回什麼話的樣子。

葛蕾特面露微笑。
「請不要想得太嚴肅。我只是想要有一句話作為支撐……」
他馬上意會了。
「——我明白了，我答應妳。」
用真誠的眼神望著葛蕾特，他對她說：
「我會緊緊擁抱活著回來的妳。」
讓人湧起無限勇氣的一句話。
雙腿停止顫抖。葛蕾特緊握著鋼筆，挺起胸膛，凝視正前方。

喀！的腳步聲傳來。

打斷了回想。
抬起頭，奧莉維亞的身影出現在眼前。
她手裡握著一把小刀，站在屋頂上。
「怎麼？瞧妳一副等我很久的樣子。」
偷走奧莉維亞所有的武器，是葛蕾特託付給席薇亞的任務，而她不願去想任務失敗了。那恐怕是奧莉維亞從自己房間拿出來的備用品吧。

奧莉維亞面帶從容的笑意。

「我把席薇亞和百合給殺了。」

堅信一切照計畫進行。

儘管這一點無從確定。

「這下只要把妳也殺死，就沒有人知道我的祕密了。」

「……是嗎？我也有可能已經把真相告訴烏維先生了……」

「那也無所謂。反正要搏倒那種老頭不是什麼難事。」

奧莉維亞舔舐水潤的嘴唇。她反手握刀，朝這邊逼近。

葛蕾特調整呼吸。屋頂上無處可逃。

——是時候結束這件任務了。

克勞斯應該會贏得與屍的戰鬥。

所以自己不能輸。

「來。」奧莉維亞沉下腰說：「互相殘殺吧。」

「……跟我料想的一樣。」

葛蕾特將鋼筆收進懷裡，取而代之地拿出自動手槍。力量不足的她，用的是比其他少女更小的槍。她拉動手槍滑套後旋即開槍。

可是，奧莉維亞的動作更快。

她以敏捷的動作擲出刀子，準確擊中手槍的側面，使得子彈的軌道偏移，朝不同的方向飛去。

眼見奧莉維亞朝自己逼近，葛蕾特立刻發動陷阱，從敵人的死角放箭。那是幾乎無聲的攻擊。耳朵習慣槍聲的敵人，不可能會聽見那個聲音。

「白費功夫。」嘲笑聲響起。

奧莉維亞一個翻身，閃避從背後射來的箭。

箭飛向虛空，漸漸消失在黑夜中。

葛蕾特暗叫不妙。

敵人感應得到殺氣。和克勞斯一樣，那是一流間諜所擁有的技能。只能憑著極度出人意表的攻擊，或是即使感應到殺氣也閃避不了的一擊，將其打敗。

既然這招失敗了——接下來就是肉搏戰。

奧莉維亞已經進入攻擊範圍。葛蕾特改變握槍方式，將槍柄當成鐵鎚，朝她的側頭部打去。

可是，奧莉維亞的踢擊卻早一步踢中葛蕾特的側腹。連穩住失去平衡的身體的時間也沒有，胸部就又緊接著遭到毆打。

葛蕾特痛得鬆開手中的槍，匍匐在地。

——等級不一樣。

所有動作都太迅速了，和葛蕾特怎麼移動完全無關。

葛蕾特才要展開行動的瞬間，奧莉維亞就已經結束行動。

——實力相差懸殊。

抬頭想要站起身時，奧莉維亞已經來到眼前。

脖子被勒住。

呼呼停止。喉間發出呻吟。

雖然抓住她的手臂，卻還是沒能讓她放鬆力道。就算踢動雙腿也無濟於事。

「完全不行。好令人掃興喔。」

奧莉維亞毫不留情地勒緊葛蕾特的頸子。

「比自己厲害的對手不可能以正攻法打贏，妳難道連這一點也不知道嗎？」

「……！」

「啊，對喔。因為妳的老師什麼都沒教妳嘛～真可憐～」

這時，奧莉維亞鬆開了手。

葛蕾特整個人癱在屋頂上，猛烈咳嗽，險些就要窒息。

她立刻把手伸向掉落在屋頂上的手槍，那隻手卻遭到奧莉維亞用力踐踏。
「我問妳，妳很擅長變裝對吧？」
手背被鞋子來回蹂躪。
「我好想知道，妳打算怎麼靠變裝打贏我？戴面具再怎麼快也要十秒鐘，而那段時間兩手都無法使用。任誰怎麼想，那都不是能夠在近距離作戰時派上用場的技術。像妳這種類型，在一對一的當下就已經注定要失敗了啦。」
奧莉維亞撿起葛蕾特的手槍。
葛蕾特就此失去自己唯一的武器。
「不過，我這個人很善良的，我就給妳最後一次機會吧。」
奧莉維亞不假思索地將槍口對準她。
「——給我跳下去。」
「……跳下去？」
「沒錯，我要妳現在就從屋頂上往下跳。」
葛蕾特還沒開口回答，奧莉維亞就用槍口指著葛蕾特，一邊揪住她的前襟硬把她拉起來，然後將她推向屋頂邊緣。
葛蕾特勉強在快要跌落之際站定不動。

在她眼前的，是一大片鋪滿磚頭的庭院。高度大概超過十公尺吧。

「這不過是三層樓的建築，運氣好的話就不會摔死。」

「……妳的意思是，要布置成自殺嗎……？」

「這樣剛好可以把殺死百合和席薇亞的罪名推給妳，非常省事。」

槍口的觸感從背後傳來。

正好抵住心臟正後方。即使是威力弱的槍，這樣的距離也足夠取人性命了。

「我就讓妳選吧。看妳是要在這裡被槍殺，還是賭上一絲希望跳下去。」

「怎麼這樣……」

「舉起雙手，往前一步。妳若敢不從，我立刻開槍。」

好熟練的口吻。相同的話她肯定說過很多次。

反抗會被槍殺，若是跳樓或許還能保住一命——

面對這樣的二擇一，任誰都會選擇後者，然後被當成自殺處理，無法主張是遭到暗殺——

屍和奧莉維亞就是憑著如此殘酷的手法一再地暗殺。

「……！」口中發出呻吟。

葛蕾特咬著嘴唇，舉起雙手。

表示自己不會抵抗，朝著屋頂邊緣踏出一步。

奧莉維亞緊貼在背後，始終沒有將槍從背後移開。

「沒錯，這樣就對了。」

似乎不打算放過葛蕾特。

只要再往前移動一步，葛蕾特就會摔下去。

然後猛力撞上磚頭，變成一具骨頭碎裂、內臟破損的遺體。

奧莉維亞雖然說有一絲希望，但是實際上那種可能性等於是零。

即使跳下去，葛蕾特也沒辦法減緩衝擊。而且就算她搞了那樣的小動作，最後恐怕還是得面臨遭奧莉維亞從屋頂上射殺的命運。

「真是太好了呢。」

奧莉維亞在身後笑道。

「妳死了以後，一定會得到老師的喜愛。到時，我也會以女僕前輩的身分出席妳的葬禮，告訴老師妳生前是一名多麼認真的女僕。」

她似乎已經在考慮自己死後的事情了。

一想到這裡，葛蕾特左右搖頭。奧莉維亞完全誤解了。

「……我就算死了也不會被愛。」

嘴唇自然而然地動起來。

「……老大對我沒有特殊的感情。這一點我早就知道了。」

「妳這孩子真可憐。」

奧莉維亞的口氣中帶著憐憫。

葛蕾特搖頭。

不對，他答應了。答應只要活著回來，就會緊緊擁抱自己。

「所以……我不能死……」

死了就什麼也得不到。

沒有救贖，沒有希望，也沒有快樂結局和樂園。

終究會抵達的。

無論是多麼嚴苛的任務、多麼難以逃離的命運，也要活下去。

——直到得到他的愛為止。

「……為了得到老大的擁抱，我非活著不可。」

「不過很遺憾，妳將命喪於此。不管再怎麼掙扎，妳都贏不了我！」

奧莉維亞用槍口抵住葛蕾特的背部。

身體往前方搖晃。

「好了——快點從這邊跳下去！」

飄浮感襲來。身體逐漸被吸向地面。

隨後——葛蕾特聽見了。

——槍聲。

她即刻翻轉身體。

子彈擦過肩膀。

劃破了衣服。

「咦……」奧莉維亞發出疑問聲。

子彈刺入了奧莉維亞的鎖骨。

她的身軀被震向後方。

葛蕾特則在墜落前一刻，伸長手臂抓住屋簷，勉強逃過摔死的命運。一回到能夠確保人身安全的地方，她立刻確認敵人的情況。

子彈粉碎骨頭，大概是壓迫到肺部或喉嚨了，只見奧莉維亞口吐鮮血，倒在屋頂上。她雖拚命用染血的手壓住胸口，卻止不住從傷口流出的血。

顛覆狀況的一擊。

「怎麼會……？」

她以趴姿喃喃地說。

——我明明可以察覺殺氣。

她可能是想這麼說吧。

葛蕾特從與克勞斯的對峙中學到了很多。奇襲對一流間諜不管用，因為他們無論是殺意、惡意、敵意，甚至是善意都能敏銳地感應到。

可是，還是有許多破解方法。

「……跟我料想的一樣。」

葛蕾特俯視著她。

「……覺得掃興的人是我才對。虧我還想了其他對策，結果妳卻打算讓目標摔死——直接採取這個屍常用的手法。」

接著模仿對方「啊，對喔」的討人厭口吻，說：

「——因為妳只會做人家教過的事情嘛。」

「……！」奧莉維亞吐出鮮血。「為什麼會沒有殺氣——」

「……妳很快就會知道了。」

葛蕾特才剛說完，院子裡就傳來中氣十足的吼叫。

「居然又被你這傢伙給逃了，可惡的刺客啊啊啊！」

是烏維的叫罵聲。

他似乎正為了宿願沒能實現而氣憤不已。

奧莉維亞連忙抬頭，然後錯愕地瞪大眼睛。

「沒有殺氣是理所當然的……因為那顆子彈瞄準的人是我……」

葛蕾特輕聲說道：

「代號『愛娘』——笑嘆的時間到了。」

葛蕾特把奧莉維亞的眼眸當成鏡子，確認自己的模樣。

——疤。

一大片疤痕覆蓋在她的臉上。那片甚至散發不祥之氣的深紅色疤痕，讓見者無不感到厭惡、

心生不快，看起來如惡魔一般可怕。

奧莉維亞茫然地呻吟：「變裝……？」

她的眼中流露出避忌的情緒。就近目睹疤痕似乎令她退縮。

這樣就好。

因為帶給見者永遠忘不了的負面情感——就是這片疤存在的目的。

烏維應該也是馬上就記住了。

「我會二度以刺客身分出現在烏維面前，並不只是為了讓妳現出原形……也是為了讓他毫不猶豫地朝我開槍……」

他能夠精準射擊這一點，已經在第一次和第二次襲擊時確認了。

第一次襲擊時，因烏維患有夜盲症而無法確定，不過後來症狀在席薇亞的努力下一天天獲得改善，到了第二次襲擊時就肯定了這一點。

接下來，就只剩下誘導烏維。他一見到臉上有疤的葛蕾特，就會反射性地射擊，所以只要葛蕾特閃避，子彈就會直擊站在後方的奧莉維亞。

（……這是從沒有惡意的毒針改良而來。）

葛蕾特將敗給克勞斯的計畫做了修正。

——不要清場，要連在場的人也加以利用。

——不只是惡意，要讓對方連善意也感覺不到。

於是，她製造出來了。

——製造出沒有惡意、善意和殺意的，完美子彈。

「不可能……」

奧莉維亞好像仍無法接受現實。

「……什麼東西不可能？」

「變裝速度也太快了吧！妳明明就舉起了雙手！照理說應該什麼也做不了才對！我根本沒有給妳戴面具的機會啊！」

變裝再快也需要十秒鐘，她之前是這麼說的。

她似乎無法擺脫那種舊有的常識。

奧莉維亞口沫橫飛地叫嚷，好像這麼做，眼前景象就會消失似的——

「妳問我是怎麼變裝的……？」

葛蕾特以沉穩語調這麼問。

奧莉維亞張著嘴，僵在原地。

見到她那副表情，葛蕾特確定她誤會了。她大概一直以為自己識破了葛蕾特時而化身刺客、時而化身克勞斯這件事，並為此得意自滿吧。

奧莉維亞在無意識間深信不疑。

深信平常的葛蕾特，是處於完全沒有變裝的狀態——

渾然不知自己是受到誘導才會這麼以為。

「……我沒有變裝。相反的，我是解除了變裝。」

「解除？」

「如果只是摘掉面具，應該瞬間就能辦到吧……？」

只要咬住嘴唇，用牙齒撕破就好。這樣子不用手也能完成。

奧莉維亞瞠目結舌。她似乎也察覺到了真相。

——毛骨悚然地覆蓋大半張臉的疤。

奧莉維亞在見到的瞬間低聲說了句「好噁心」，烏維則甚至大罵「醜惡」。席薇亞和百合也表情僵硬，露出膽怯的表情。

被所有人厭惡。

讓見者深感嫌惡，並且深深烙印在記憶中。

葛蕾特指著自己那張布滿疤痕的臉笑了笑，然後嘆著氣說。

「——這是我真實的模樣。」

天生的疤痕。

並且隨著葛蕾特長大，猶如受了詛咒一般加深、擴大，覆蓋了臉孔。

葛蕾特之所以無法融入社交界，原因不是男性恐懼症——而是這個疤。

要求女性擁有美貌的政界裡，沒有葛蕾特的容身之處。

父親責備無法展現純潔笑容的她，甚至罵她是「令人作嘔的女兒」。捏造她生病的謊言，不帶她參加社交場合，將她軟禁在屋內。哥哥同樣也對她惡言相向，於是葛蕾特對男性產生了恐懼心理。

回過神時，父親已像是要抹去她的存在般，將她送進間諜培育學校。

——沒有人愛我。

奧莉維亞有好一會兒動也不動。

一直盯著葛蕾特的臉，彷彿時間靜止般地瞪大雙眼。遭子彈深深剜挖的傷口應該很痛才對，她卻毫不在意。
庭院裡，依舊傳來烏維的怒吼聲。
以那樣的怒吼聲為背景音，葛蕾特和奧莉維亞彼此瞪視。
然後，奧莉維亞突然像是壞掉似的歪斜嘴角。
「啊哈！」
口中發出這樣的怪聲。
「啊哈哈哈哈哈哈啊哈哈哈哈哈哈哈啊哈哈哈哈哈哈啊哈哈哈哈哈哈哈！」
接著放聲大笑。
一副連傷口裂開也不在乎的樣子。她按著肚子，笑到打滾。
「……妳笑什麼？」
對此，葛蕾特感到不悅，於是問道。
「哎呀，我終於明白了。」奧莉維亞拭去眼角的淚水回答：「我總算知道妳為什麼會那麼沉重了。」
「…………」
「像妳這種人當然沒人愛啦。」
不客氣地吐出這句話，奧莉維亞緩緩站起身。

「——所以，贏的人是我。」

她將手指插入傷口，露出苦悶的表情將子彈取出。接著她用刀子割破女僕服，很快地就用布包紮好傷口。

「……妳打算帶著重傷繼續戰鬥嗎？」

「啊？討厭啦，妳那種想法好可憐喔。」

奧莉維亞讓手掌朝上，笑著說。

「我犯的錯只有一個，那就是試圖靠自己解決麻煩——被愛的女人就算不勉強自己，也會有男人來保護啦。」

在她手裡的，是翡翠色的胸針。

她用手指將胸針捏碎。裡面有一個圓形的機器，正在閃爍著綠色光芒。

「……發訊器！」

「太好了，看來羅蘭很快就會來到這裡了。真開心！」

定睛觀察發訊器，只見閃爍的速度正逐漸加快。閃爍的間隔似乎代表著與屍的距離。

「五天前『燎火』出現的當下，我就已經向羅蘭求助了。雖然那是妳變裝扮成的，不過就結果而言還是好的。」

「——！」

葛蕾特不禁倒吸一口氣。

變裝成克勞斯是用來限制對手行動的手段，然而如今卻適得其反。

眼見葛蕾特掏出手槍，敵人的態度依舊老神在在。

「哎呀，妳要給我致命的一擊是嗎？好啊，這麼一來，妳就會被氣到發狂的羅蘭大卸八塊。不對，不只是妳，就連這棟宅邸的居民、城裡的居民，也都會不分男女老幼地慘遭殺害！因為他很愛我！」

發訊器的閃爍速度變快了。

葛蕾特為自己的失策，體會到胃部緊縮的感覺。

視野漸漸變暗，意識開始模糊。

對付屍是克勞斯的工作，如今卻可能因為自己的錯而出現阻礙。他不可能抓得到突然開始移動的屍。

最強刺客將來到這裡——

「……沒關係！」

能夠支撐快要崩塌的心靈的，只有志氣。

她祈禱似的喃喃說著：「……跟我料想的一樣……全部跟我料想的一樣……」

不知不覺間成為口頭禪的話。

——只會掩飾臉孔的我，只能活在間諜的世界裡。

所以，必須比任何人都聰明才行。

無論置身何種情況，都必須泰然處之。

要不然，就不會有人愛自己——？

不久，當發訊器的光芒非但沒有消失，反而還強烈發光時，奧莉維亞大喊。

「妳這次必死無疑！妳就帶著妳那張沒人愛的醜陋臉孔去死吧！」

某樣東西從空中飛來。

奧莉維亞露出滿面笑容——

「咦……？」

表情旋即凍結。

——行李箱。

出現在葛蕾特和奧莉維亞之間的，是黑色的巨大長方體。

不知為何會從頭頂上方飛過來。

這或許正是奧莉維亞的計謀吧。

如此心想的葛蕾特朝她望去，卻見到她也茫然地呆站在那裡。
好神祕。
究竟是誰、從哪裡，又是為什麼讓行李箱出現在這裡？
可是，這個行李箱總覺得似曾相識——

「多麼可憐的人啊。」

轉過身。
一個男人站在原本應該空無一人的空間裡。好像就是他把行李箱扔過來的。好強的臂力，和他纖瘦的體格不成正比。
「我完全無法理解，怎麼會有人見了她的臉卻毫無感覺。」
男人自顧自地繼續說：
「我至今依然忘不了，在脫衣間裡見到的景象。」
脫衣間——那幾個字讓葛蕾特也回想起來。
——人生中最幸福的一天。
隨時都在變裝的葛蕾特，對於洗臉這件事情十分小心翼翼。她總是戴著面具洗澡，再回到自己房間偷偷地擦拭素顏。可是，有時她也想摘下面具，好好地洗個熱水澡。

那一天，她大意了。

她避開少女們所使用的大浴場，進了浴室，結果和別人撞個正著。

「我在見到她的真實模樣的瞬間，立刻就明白這名少女為了贏得他人的愛，學會了多麼高超的技術，又是如何努力不懈地持續鍛鍊自己。那張臉展現出她閃耀動人且崇高的精神，令我心醉不已。」

他一步步穩健地往前走，來到葛蕾特身旁。

「所以，我才忍不住喃喃脫口而出。」

克勞斯說道：

「——真美。」

葛蕾特啞口無語地望著他的側臉。

是克勞斯本人。

不是變裝，也不是妄想，自己的意中人真的就在身旁。

這個世界上，唯一讚美過自己真實面貌的人——

奧莉維亞也很快就察覺到，他才是真正值得害怕的人物。

「羅蘭呢？」她半發狂地大喊。「羅蘭在哪裡？他在哪——」

「不需要那麼慌張。他不就在妳眼前嗎？」

克勞斯淡淡地回答。

他所指的方向——在那裡的是一只行李箱。

「只不過稍微變成四方形了。」

葛蕾特再次確認行李箱。

高度超過一公尺，橫寬達八十公分。

如果要塞，應該是連成年男性也塞得進去。

「奧莉……維亞……？」男性的呻吟聲從裡面傳出。

克勞斯似乎是將他活捉了。

任務內容照理說是暗殺，然而他卻完成了比那更艱難之事。

「怎麼會……？」奧莉維亞低喃。「你不是說你們不相上下……」

「不相上下？」

克勞斯偏著頭問。

「對了，我想問妳。這個男人見到我時，說了一些什麼『競爭對手』、『命中注定的對手』、『曾纏鬥很久』之類意義不明的話……那是什麼意思？」

「這……」

「太弱了。」

克勞斯極其冷淡地拋出這句話。

被裝在行李箱中的男人──屍──儘管遠比奧莉維亞和葛蕾特來得強大，然而看來卻不是克勞斯的對手。

「因為他是個會挾持百姓當人質，並且毫不猶豫殺掉對方的男人，所以為了以防萬一，必須有優秀的人員陪同，但也就僅此而已。他和世界最強的我不是同個水準。」

奧莉維亞無力地搖頭。

然後以緩慢的動作走近行李箱。

「騙人……」

聲音嘶啞。

「吶，這些都是謊言對吧？你快說句話呀，羅蘭……」

「奧莉維亞……」虛軟無力的說話聲從行李箱中傳出。「救……我……」

「────」

奧莉維亞震驚得發不出聲，癱坐在地。她臉色慘白、淚流不止，渾身顫抖個不停。空氣中開始飄散著氨的味道。

她用力捶打行李箱，不知是想破壞鎖，還是在責備裡面的人。可是，顯然憑外來的衝擊力並無法開啟行李箱。

「葛蕾特。」克勞斯開口。

「……是，我已經準備好……和老大一樣的東西……」

葛蕾特交出藏在屋頂角落的行李箱。

克勞斯眉頭一蹙。

「這次是妳的功勞。直到最後都由妳來完成如何？」

「……我想看看老大英勇的模樣。」

想要至少在這件事情上撒嬌。

從剛才開始，從體內湧現的熱度就讓她幾乎腿軟，快站不住了。

克勞斯微微點頭後，嘀咕了一句「不要叫我老大」，便抓起紅色行李箱，以冷漠的眼神走向奧莉維亞。

「你們殺死太多人了。」彷彿宣讀罪狀似的宣告。「雖說這是影子戰爭，你們的行為還是不可原諒。你們應該已經有所覺悟了吧？」

奧莉維亞左右搖頭。

「我沒有學到那個……」

她用拳頭捶打行李箱，口吐怨言。

「羅蘭沒有教我……他明明那麼愛我……」

「這樣啊。我知道妳為什麼會輸了。」

克勞斯舉起行李箱。

「就憑妳，根本不是我們的敵人。」

他一擺盪那個巨大的長方體，行李箱就好比張口的鯨魚一般，將獵物整個吞沒。最後雖然聽見奧莉維亞的哀號聲傳來，但是行李箱隨即就被關上，她的聲音也就此消失。

屋頂上，只剩下黑色和紅色兩個一模一樣的行李箱。

這是最適合作為刺客們的下場的寂靜結局。

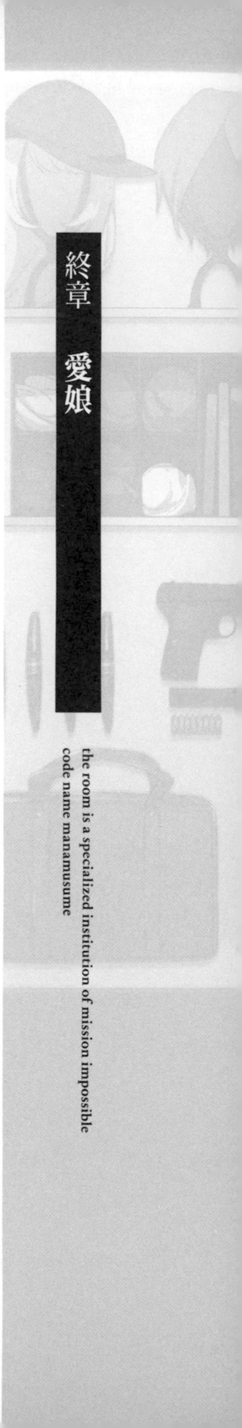

終章　愛娘

the room is a specialized institution of mission impossible
code name manamusume

被告知這次的任務內容時，克勞斯為其難度皺起了臉。

——逮捕刺客。在此同時，也要逮捕其同夥。

這便是上級所交付的條件。

——兩者的能力應該都很強。如果只先抓到其中一方，另一人便有銷聲匿跡之虞。

原來如此，如果單就難度而言，確實高於上一回。

單槍匹馬很難同時捕捉兩人。

克勞斯在捕捉屍的時候，需要有別人幫忙壓制同夥。

（……我在壓制屍的時候，由八名少女壓制同夥……不對，考慮到風險，還是必須調派人員去屍那一邊…………）

克勞斯非常猶豫。夾在身為老大的判斷，以及身為間諜的判斷間，無所適從。

就在這時，葛蕾特替他解了圍。

「……我來分擔老大的負擔。」

克勞斯想要賭賭看。克勞斯本人不在，還必須將優秀成員帶去對付屍。

他想要在面對這種狀況，仍宣示要自行指揮、制定計畫、應對處理的少女身上賭一把。

最後，她成功達成了這個難題。

同時攻破兩個條件——這便是此次任務的全貌。

◇◇◇

書房裡，烏維和奧莉維亞彼此相對。

對方是以女僕總管身分，在自己手下工作了好幾年的人。雙方的交情不深，烏維甚至還經常對她提出任性的要求。如今，他對此深感懊悔。

沒想到離別的日子，竟會比自己的壽終之日更早到來。

「妳離職的意願沒有改變嗎？」

儘管對她的回答早有心理準備，內心依舊感到空虛。

「對不起，烏維先生，我還是克服不了恐懼。」

便服打扮的她，滿臉歉意地低下頭。

「如果妳是怕刺客，老夫已經用槍把對方趕跑了呀。」

「可是到最後還是沒有找到遺體啊。我要去投靠朋友，悠哉地過日子。烏維先生也要好好珍惜自己的生命喔。」

烏維搖搖頭。

挽留她似乎太強人所難了。對方還年輕，況且都遭到殺手攻擊了，實在無法要求她留下來永遠替自己工作。

至少以長輩身分臨別贈言，為她餞行吧。烏維抱著這樣的想法，提出一個問題。

「妳投靠的對象，是男人嗎？」

奧莉維亞瞪大雙眼。

「奇怪？我有跟烏維先生提過情人的事情嗎？」

「不要小看老夫！這點小事，老夫憑直覺就感覺得出來！」

「……真不愧是烏維先生啊。」

「嗯。所以，老夫這個老人要給妳一個忠告……」

烏維壓低音量說道。儘管知道自己是多管閒事。

「奧莉維亞，老夫始終覺得那個男人身上有股邪氣。妳每次休假回來，身上總會散發出詭異的混濁氣味。」

「…………」

「老夫一點都不覺得那個男人是真心愛妳。他只是用滿口膚淺的甜言蜜語一再地利用妳，總有一天會將妳拋棄。老夫實在不得不這麼想。」

奧莉維亞微微張嘴，僵住不動。

似乎是在臨別之際聽到這番意想不到的話，錯愕得啞口無言。儘管明白自己是在潑人冷水，烏維覺得還是必須奉勸為自己工作多年的忠誠女僕。

他一反常態地以溫柔語氣說道：

「奧莉維亞，妳就信老夫這一句。只要央求對方『跟自己說句話』，就能憑他的一句話看穿他的心思。老夫要說的就只有這樣。」

奧莉維亞一副欲言又止的模樣。

原以為她會不耐煩地充耳不聞，但看起來並非如此。她自己大概也心裡有數吧。

可是，烏維還是不明白她究竟在想什麼。

「……………如果是這樣……」

奧莉維亞打趣似的面露微笑。

「那麼當我拜託對方『你快說句話呀』時，對方回的話是『救我』呢？」

烏維快活地笑答。

「這還用問嗎？當然表示他是個不值得託付的沒用男人啊！」
大笑一陣後，送上為數不少的餞別禮，烏維目送奧莉維亞離去。

◇◇◇

「呼……」
離開烏維的宅邸，奧莉維亞——戴著其面具的葛蕾特吐了口氣。
儘管對方是自己害怕的男性，還是設法成功騙過對方了。
其實葛蕾特很想讓烏維知道真相，可是這麼一來，葛蕾特等人的身分也得跟著曝光。況且，他記得少女們的長相，因此為了避免間諜的情報外流，還是什麼都不告訴他比較好。
「…………………」
葛蕾特不經意地窺視路旁的水窪。
水面上，反射出奧莉維亞的臉孔。她的面具是臨時趕製出來的，不過成品相當完美。
剛才那場戲演得很成功，然而心裡會覺得悶悶不樂，難道是因為烏維的那番忠告？
——屍並不愛奧莉維亞。
葛蕾特從來沒想過這種可能性。

奧莉維亞自信滿滿的態度讓葛蕾特深信不已。可是，聽到屍說「救我」的那瞬間，她心裡究竟做何感想呢？

「……說不定，我們倆其實很相似吧。」

葛蕾特注視著倒映在水窪中的臉，平靜地說。

「永別了……奧莉維亞小姐……」

然後摘下她的面具，塞進包包裡。衣服也一樣脫下扔掉。

如此一來，奧莉維亞的存在就會被埋葬在黑暗中。

她已經和屍一同被移交給其他團隊，不曉得在接受盤問之後，他們會走上什麼樣的未來。

只不過，葛蕾特有聽說這次原本是「暗殺」任務。

◇◇◇

結果，少女們還是一直工作到僱用期滿。

她們繼續佯裝忠誠的女僕，調查奧莉維亞的身分並確定沒有其他同夥存在。根據調查發現，奧莉維亞持續偷竊烏維的情報和資產支援刺客，有時還會暗殺察覺此事的女僕。

席薇亞拐彎抹角地誘導烏維僱用能幹的女僕。

並且在最後，完成受僱來代替少女們的女僕的身家調查。

對於離職感到依依不捨的人，是席薇亞。

烏維似乎也不希望她離開。

「多虧妳們幾個，老夫的身體狀況變得非常好。」他在臨別前這麼說。「之後，老夫或許能夠讓議會通過一條法律。席薇亞，那是改善兒童福利的法案。」

席薇亞感觸良深地點點頭。

「你果然有一套。我會再來玩的，你可要長命百歲啊！」

「不用妳說，老夫也會那麼做！」

一番鬥嘴後，少女們離開烏維的宅邸。

在車站迎接少女們的，是莎拉和克勞斯，以及意想不到的驚喜。

「——巴納德！」

席薇亞和百合興奮地衝向鳥籠。

鳥籠裡，停了一隻目光炯炯有神的老鷹，也是此次任務的功臣、少女們的英雄。

葛蕾特像是放下心中大石地嘆息。

「……原來牠還活著啊。」

「雖然暫時還沒辦法飛，不過已經沒有生命危險了。」

老鷹的兩隻翅膀纏了一層又一層的繃帶。受了重傷的牠，在莎拉的努力照顧下活了下來。

這隻勇敢又聰明的老鷹，已經成為「燈火」無可取代的同伴。

席薇亞和百合跟巴納德嬉戲了一會兒，這才望向一旁閒得發慌的男性。

「老師，雖然沒有好久不見的感覺，不過真的是好久不見了。」

克勞斯點頭回應百合的話。

「是啊，因為我一直都在別的城市。」

「順便問一下，其他成員呢？」

「屍的事情處理完之後，她們應該會好好地觀光一下才回家。」

不在場的少女們想必也經歷了相當艱難的任務。雖說有克勞斯在，但對方是一流的刺客。

席薇亞彈響手指。

「那我們也好好地放鬆之後再回去吧。」

「說得也是，況且我們還領到了女僕的薪水！」

少女們熱烈地討論起觀光勝地和現在就想品嚐的食物。這一個月來，她們一直都在工作，連難得的假日也都用來從事間諜活動，非得發洩一下累積已久的慾望才行。她們看著莎拉準備的旅遊書，七嘴八舌地討論。

統一好意見之後，席薇亞對克勞斯說。

「欸，你至少今天也有空對吧？你開車載我們出去玩啦。」

「……好吧，那我去附近租車。」

他似乎也想慰勞部下。

「好興奮喔。」百合開心地高呼。「我們五個人要一起去兜風！」

◇◇◇

克勞斯租車回來後，發現那裡只有葛蕾特一人。

「…………」

不見百合、席薇亞、莎拉的身影。

行李也全部消失了。

「我姑且問一下，其他人呢？」

「……她們一副生龍活虎地跳上火車走了……」

「那女人真是滿口謊言。」

克勞斯輕嘆一聲。

他真想問問百合，她究竟是抱著何種心態說出「大家一起去兜風」這種話。

——不過其實自己也早有預料。

她大概是替葛蕾特著想吧。

又或者是替自己著想？

「既然車子都租了，如果妳不介意，要不要和我一起去兜風？」

「……好的，我很樂意。」

克勞斯讓葛蕾特坐上副駕駛座，開車沿著海岸行駛。這天幸好碰上好天氣，光是眺望湛藍的大海就令人身心舒暢。

葛蕾特好像很緊張，在車上始終默不作聲。

克勞斯原以為兩人一旦獨處，她又會對自己展開攻勢，結果卻不是想像中那樣。大概是一個月不見的關係吧，只見她緊握拳頭，渾身僵硬。

「葛蕾特。」

克勞斯率先打破沉默。

「這一個月來，我一直在思考關於妳的事情。思考身為老大、身為世界最強的間諜，以及身為一個男人，我應該如何去面對妳的愛情。」

那是未曾體驗過的難題。

人生至今，他曾經好幾度被人示愛，而且多半是在執行間諜任務的期間。他一向將戀愛情感視為方便隨意操控目標的情緒，盡可能地加以利用。

可是，唯獨她的愛慕之情，他無法如此隨便地看待。

「你有結論了嗎……？」葛蕾特神情不安地問道。

「有。」

克勞斯把車停在路旁。

「捨棄理想、責任和表面話，以一個男人的身分表露真心——這就是我做出的決定。」

他走出駕駛座，葛蕾特也跟著下了車。

克勞斯站在景觀遼闊的懸崖上，與她正面相對。

葛蕾特也不再逃避答案了。她抿著唇，凝視著克勞斯。

風兒拂過，吹動葛蕾特的頭髮。

等到那陣風靜止，克勞斯這才開口：

「葛蕾特，我就直說了。我無法對妳懷抱戀愛情感，也無法回應妳的心意。」

「……是。」

「不過，希望妳不要誤會了，我本來就對誰都不曾懷抱戀愛情感。我無法和妳成為戀人，原因是出在我自己身上，並不是因為妳沒有魅力。我這個人本來就對性愛無欲無求。說得粗俗一點，就是我的性慾很低。」

克勞斯接著說：

「我想要的是家人之間的愛——是透過艱難任務和平穩日常所產生的情誼。」

將自己從絕望與孤獨中拯救出來、接納自己的同伴們。

那份溫暖始終永存心中。

「所以，葛蕾特，我無法回應妳的男女之情。既然我無法將妳視為女性愛妳，那麼就算妳變心愛上其他男性，我也無從置喙。」

「…………」

「可是，如果妳願意留在我身邊，我會將妳視為家人——深愛著妳。」

又一陣強風吹過。

葛蕾特的頭髮隨風揚起，瞬間掩蓋住她的表情。風兒靜止，當她的臉再度顯現時，眼淚早已淚濕臉龐。

「……我有一個請求。」

非常細小微弱的聲音。

葛蕾特觸碰自己的臉，輕輕摘下臉上的面具。

她染上紅暈的臉龐隨著大片疤痕顯現。

「請你親口對現在的我……說一句話……」

「我早就知道自己要對妳說什麼了。」

克勞斯伸出手觸摸，溫柔地輕撫那片疤。

「——葛蕾特，妳很美麗。」

彷彿什麼東西迸發似的，她的表情頓時扭曲。

起初，是好比喉嚨哽住一般的小小呻吟。她緊抿雙唇、強忍嗚咽，同時用雙手捂住嘴巴。可是，不久當淚水溢出眼眶，便傳來像是再也難以忍受的啜泣聲。隨著淚水滴落地面，葛蕾特衝進克勞斯懷裡，一反常態地像個孩子般放聲大哭。

克勞斯用手環住她的背，溫柔地擁抱她。

她的代號是「愛娘」。

一開始，這個名字讓人覺得好諷刺。

可是如今，克勞斯十分確定，沒有其他名字比這更適合她了。

克勞斯和葛蕾特回到陽炎宮時已是深夜。

他將幾乎一整天都用來和葛蕾特約會，而她也從頭到尾都沒有離開克勞斯身邊。兩人到處遊覽觀光勝地，在回程的火車上用晚餐，彼此閒聊。

怎樣算是家人之愛？又怎樣算是男女之情？

身為團隊的老大，這麼做是正確的嗎？自己難道不是只是在隨口敷衍她嗎？

儘管諸多疑問在腦中湧現，克勞斯還是決定忽視。

這個世上沒有所謂正確的選擇，有的只是改正選擇的行動。

「我想坦白一件丟臉的事情……」途中，葛蕾特說出這樣的話。「……其實我曾經想過，團隊所有人遲早都會愛上老大……」

「夠了，我不想去想那些。」

「大家總有一天會為了爭奪老大，導致內部瓦解。」

那是所能想像到的最壞結局。

為了戀愛產生齟齬的團隊簡直就是地獄，讓人一點都不願意去想像。

「但是，我在變裝成老大的期間，同伴們都聲援我和老大的戀情……」

「這樣啊。」

克勞斯點頭，心想這果然很像是她們會做的事。

「『燈火』真的是一支好團隊耶……」葛蕾特靦腆地笑。

他們兩人也順便談論了團隊的未來。克勞斯以前都是獨自一人思考，如今發覺和別人討論也不是件壞事。

偶爾悠哉地過活也不賴。

——畢竟這個世界，並不打算讓自己等人安穩度日。

克勞斯一抵達玄關，就在那裡見到一臉走投無路的百合。她一見到克勞斯，立刻跑了過來。

「怎麼了？妳臉色很差呢。」

她好像發現什麼異狀了。

克勞斯原本猜想可能是「那個」，可是感覺不太對勁。

「請、請問！緹雅她們只是去為任務收拾善後對吧？」

「應該是這樣沒錯，怎麼了嗎？」

克勞斯交付給她們的工作，是調查「屍」的蹤跡，看看有沒有遺漏之處。但其實這項工作克勞斯也已完成一大半，她們想必不會有什麼重大發現。

「她們還沒有回來……」

克勞斯回想四名成員。

優雅的黑髮少女緹雅、傲慢的藍銀髮少女莫妮卡、純真的灰桃髮少女安妮特、淡然的金髮少女愛爾娜。

她們四人個個都是好手，應該是不會晚歸卻不聯絡——

「畢竟有愛爾娜在，如果單純只是因為交通不順就好了……」

不祥的預感襲來。這種時候的預感，不知為何總是特別靈驗。

「現在已經很晚了，不如就等到明天中午吧。」

「如果到時她們還是沒回來呢？」

「展開搜尋——這是緊急任務。妳們各自做好準備。」

儘管做出冷靜的判斷，克勞斯心中卻已半確定她們明天不會回來了。

然後，這個預感成真了。

四名少女下落不明。

◇◇◇

黑髮少女——緹雅在深夜悄悄地下了床。

這裡是旅館的房間。因為沒有多餘的錢，所以是四人共住一間。房裡只有兩張床，兩人共睡一張單人床實在有點擠，讓人睡不好覺。

她望向房裡的鏡子，鏡中映出自己美麗的身影。

凹凸有致的身材曲線，烏黑亮麗的長髮。嘴唇澎潤水嫩，只是用舌頭一舔就散發出優雅的光澤。太完美了，簡直無懈可擊。

（但是……）

緹雅嘆息。

（問題是，現在的狀況並非一具肉體所能解決的……）

那麼，這下該怎麼辦呢？

「妳也起來了啊。」

說話聲響起。來自窗戶的方向。

藍銀髮少女帶著傲慢的笑容，坐在窗框上。

外表中性、體型中等，髮型雖然很有個性，卻讓人找不出貼切的語詞來形容她。她和以克勞斯、基德為代表的一流間諜一樣，有著一副令人捉摸不透的超然外表。

藍銀髮少女——莫妮卡。

她好像外出了，身上穿著出任務用的衣服。大概是從敞開的窗戶爬進來吧。

「安妮特和愛爾娜睡了？」

「是啊。我還為她們唱了搖籃曲，上次唱不曉得是多久以前……嗯，是一個月前吧。」

「那也沒多久嘛。」

「我有教葛蕾特喔。呵呵，假使她有好好使用我傳授的技巧，現在應該正在床上將老師抱在懷裡，唱搖籃曲給他聽了。」

「我倒覺得妳給的建議會造成反效果。」

失禮地這麼說完，莫妮卡從窗框跳進房內。

「所以，妳打算怎麼做？」她瞪著緹雅問道。

「什麼意思？」

「這還用問嗎？沒時間了，妳趕快做決定吧。」

必須蒙混過去才行。正當緹雅準備開口搪塞時，莫妮卡有了動作。

她手裡握著一把槍，將槍口對準了緹雅。

「妳要背叛『燈火』嗎？如果是這樣，就快點說。」

莫妮卡露出傲慢的笑容。

「——因為我還得處理妳的遺體才行。」

毀滅性的狀況毫無預警地降臨，不等待優柔寡斷的自己，赫然出現在眼前。

緹雅嚥了嚥口水，看著背後依舊安穩沉睡的灰桃髮少女——安妮特。

必須找出解決對策。

為了阻止「燈火」瓦解，我緹雅非採取行動不可。

好久不見，我是竹町。

這雖然不是應該出現在第二集後記的內容，還是請各位讓我說說第一集發售時的事情。

第一集的時候，非常感謝Fantasia文庫編輯部幫我做了大規模的宣傳，不僅製作了豪華的PV，還連同克勞斯在內，請配音員為七名少女進行配音。此外，還在書店擺放七名少女的等身大立牌，在網路上舉辦七名少女的人氣投票。插畫家トマリ老師也在克勞斯＋七名少女的人氣投票結束後，在推特上幫忙畫了美麗的插圖。

沒錯——七人。

對於把編輯部、配音員、書店、トマリ老師全部捲進來一起撒謊，作者本人我深感惶恐的同時，心中也充滿了感激。真的非常感謝大家。

由於隱身直到第一集尾聲的那孩子，現在應該正抱膝縮成一團、悲嘆著：「不幸……」所以我希望可以設法補償一下她。應該說，責任編輯大人，拜託您了。

以下是謝辭。

首先是插畫家トマリ老師。非常感謝您繼第一集之後，願意再次接下讓作品成立的重要任務。這部小說今後也許會成為插畫才是關鍵的作品，倘若您能欣然接受，那真是再令人開心不過了。

再來，我也要特別感謝不只是第一集，同時也給予第二集許多建議的R大人。

最後是購買間諜教室的讀者們。我真的不曉得該怎麼表達我內心的感謝。總之，今後我也會盡力創作，希望能夠為各位帶來一小段快樂的閱讀時光。

這件事應該會在本書發售時公布，那就是本系列已經決定要動畫化了。詳情會在推特的官方帳號上公開，希望大家可以去追蹤一下。

最後，我有一件事情要說明。第一集發售時，在女角人氣投票中榮獲第一名，同時也登上第二集封面的那名少女，因為故事情節之故，無論如何都無法在第二集中出現。

至於是什麼原因——各位看了第三集的副標題和內容後就會明白了。

下一集我也會繼續努力，寫出讓讀者們認同的好故事。那麼，大家再見。

竹町

國家圖書館出版品預行編目資料

間諜教室. 2,「愛娘」葛蕾特/竹町作；曹茹蘋譯.
-- 初版. -- 臺北市：臺灣角川股份有限公司,
2021.11

面；　公分. -- (Kadokawa fantastic novels)

譯自：スパイ教室. 2,《愛娘》のグレーテ

ISBN 978-986-524-950-2(平裝)

861.57　　110015569

Kadokawa
Fantastic
Novels

間諜教室 2
「愛娘」葛蕾特

（原著名：スパイ教室２《愛娘》のグレーテ）

2021年11月24日 初版第1刷發行
2023年2月24日 初版第3刷發行

作者：竹町
插畫：トマリ
譯者：曹茹蘋

發行人：岩崎剛人
總編輯：蔡佩芬
副總編輯：朱哲成
美術設計：莊捷寧
印務：李明修（主任）、張加恩（主任）、張凱棋
發行所：台灣角川股份有限公司
地址：104台北市中山區松江路223號3樓
電話：（02）2515-3000
傳真：（02）2515-0033
網址：www.kadokawa.com.tw
劃撥帳戶：台灣角川股份有限公司
劃撥帳號：19487412
法律顧問：有澤法律事務所
製版：尚騰印刷事業有限公司
ISBN：978-986-524-950-2